Virginia, 1866: Das spurlose Verschwinden vieler Bürgerkriegswitwen aus der Umgebung versetzt eine Gemeinde, die ohnehin in Trauer ist, in Angst und Schrecken. Erst das Erscheinen von Lucy Hanover setzt den mysteriösen Vorfällen ein Ende.

Chicago, Mai 1927: In der Nähe der Union Station werden 41 Leichen entdeckt. Die geheimnisvolle Mordserie hört schlagartig auf, als eine unbekannte junge Frau in die Stadt kommt.

Und nun, 1997, beginnt es von vorn ...

In jeder Generation gibt es nur eine Jägerin . . .

Prolog

Bei Nacht sah die Sunnydale High School seltsam verändert aus. Fast unheimlich.

Der Unterricht war seit Stunden zu Ende, und nun umhüllte die verlassenen Gebäude ein bedrohlich wirkendes Schweigen. Die alten düsteren Wände glänzten im Mondlicht; Schatten nisteten in den Winkeln des Treppenhauses, und die Zimmer an den langen Korridoren wirkten wie verlassene Höhlen.

Als in einem Raum ein Fenster eingeschlagen wurde, schien das Echo endlos nachzuhallen. Selbst dann noch, als eine Hand durch die zerbrochene Scheibe stieß, am Griff drehte und das Fenster nach oben schob.

„Bist du sicher, daß das eine gute Idee ist?“

Das Mädchen blickte sich nervös um, während ihr Gefährte durch das Fenster kletterte und sich dann umdrehte, um ihr hineinzuhelfen.

„Es ist 'ne tolle Idee!“ beharrte er. „Komm schon!“

Er führte sie auf den Korridor. Dort war es noch dunkler als in dem Klassenzimmer, das wenigstens durch das fahle Mondlicht, das durch die Fenster fiel, erhellt worden war. Das Mädchen warf ihm einen furchtsamen Blick zu.

„Gehst du auf diese Schule?“ fragte sie.

„Früher mal. Auf dem Dach der Turnhalle ist es schön kühl – und du kannst auf die ganze Stadt runtergucken.“

„Ich will da nicht raufgehen.“

Er umarmte sie und drückte sie fest an sich. „Oh, du kannst es wohl nicht erwarten, was?"

„Wir werden bloß Ärger kriegen", protestierte sie und versuchte sich von ihm zu lösen, aber er verstärkte den Druck noch.

„Verlaß dich drauf."

Als er sie küßte, spürte er, wie ihre Schultern steif wurden. Sie schob ihn von sich, und er sah die Angst in ihren Augen.

„Was war das?"

„Was war was?" fragte er ungeduldig.

„Ich hab ein Geräusch gehört."

„Das war nichts."

„Vielleicht ist da doch etwas . . ."

„Vielleicht ist da ja ein Etwas", witzelte er.

„Das ist nicht komisch."

Widerwillig ließ der Junge seinen Blick über den Korridor schweifen. Doch obwohl sich die Augen mittlerweile an die Dunkelheit gewöhnt hatten, konnte er immer noch nichts erkennen. Der Flur lag dunkel und gottverlassen da, und doch schienen sich die Schatten irgendwie verdichtet zu haben, waren näher gekrochen, während sie nicht darauf geachtet hatten. Er spürte, wie das Mädchen neben ihm zitterte.

„Hallo?" rief er leise, seine Stimme klang belustigt.

Stille.

„Da ist keiner", meinte er schließlich, als er sich ihr wieder zuwandte.

Doch sie war immer noch ängstlich. „Bist du auch sicher?"

„Ganz sicher."

„Okay", murmelte sie.

Ihr Gesicht verzerrte sich zu einer scheußlichen Fratze, während sie ihre Fänge entblößte und sie in einer einzigen schnellen Bewegung in seinen Hals bohrte.

1

Buffy hatte sich verirrt. Auf einer ziellosen Wanderung an einem Ort, den sie nicht kannte und auch nicht kennen wollte.

Es sah aus wie eine unterirdische Kammer oder die verborgene Höhle eines blutrünstigen Tieres – dieser düstere, gottverlassene Ort aus Fäulnis und Moder. Sie versuchte – trotz des Zwielichts, der Müdigkeit und der Verwirrung, die sie empfand – herauszufinden, wo sie war und wie sie entkommen konnte.

Obwohl ein kleiner Teil ihres Bewußtseins sicher war, daß sie träumte – es konnte ja nur ein Traum sein –, warnte ein anderer Teil sie, daß dieser Ort so wirklich und so vertraut war, daß er nicht ihrer Phantasie entsprungen sein konnte.

Bilder stiegen in ihr auf und vergingen fast sofort wieder, hinterließen nur den Schatten einer Erinnerung. Sie sah flackernde Kerzen über einem tiefroten Teich ... Klauenfinger durch einen Feuerschein ... Tierzeichnungen und das silberne Glitzern eines Kreuzes, des Symbols des Christentums. Zwischen verfallenen Grabsteinen hallte Dämonengelächter wider, gesichtslose Kreaturen kamen auf sie zu, und dann sah sie plötzlich ganz deutlich ein Buch, ein sehr altes Buch, auf dessen Einband ein einziges Wort prangte:

Vampire ...

Sie wälzte sich auf ihrem Bett hin und her, während der Traum sie tiefer und tiefer in seinen

Bann zog. Unversehens erhob sich hinter ihr ein Schatten, ein unheilvoller Schatten, schwarz wie der Tod, und eine bedrohliche Stimme vibrierte in ihrem Kopf, in ihren Adern: „Ich werde dich nehmen ... wie der Krebs ... ich werde in dich einziehen und dich von innen her auffressen ..."

Buffy riß die Augen auf.

Sogar im tröstenden Morgenlicht schien es, als dauerte der Traum noch an. Immer noch spürte sie den Schrecken, die Bedrohung, die von ihr Besitz ergriffen hatten.

Sie setzte sich im Bett auf und blinzelte. Die Sonne schien hell und freundlich durchs Fenster in ihr Zimmer. Nun war sie wach und in Sicherheit. Dies war ihr Zimmer, ihr Zuhause, ihre Wirklichkeit.

„Buffy?"

„Ich bin schon wach, Mom."

„Du willst doch am ersten Tag nicht zu spät kommen?" rief Joyce Summers aus der Diele.

„Nein", murmelte Buffy. „Will ich ganz bestimmt nicht."

Sie hörte selbst, wie unsicher ihre Stimme klang. Sie setzte sich auf die Bettkante und starrte ins Zimmer, musterte die kahlen Wände und die vollen Kisten, die sich in einer Ecke stapelten.

Mit einem Seufzer schüttelte sie die letzten Fetzen des Alptraums ab und stellte sich dem neuen Tag.

„Ich wünsch dir einen schönen Tag", sagte Joyce Summers und sah ihrer Tochter beim Aussteigen zu. „Ich weiß, daß du ganz schnell Freunde finden wirst. Du mußt einfach positiv denken. Und, Liebes", sie hielt kurz inne und verlieh ihrer Stimme einen Anflug von Hoffnung, „versuch mal, nicht rausgeworfen zu werden."

„Versprochen", antwortete Buffy mit einem Lächeln und schlug die Autotür zu.

Als ihre Mutter davonfuhr, stand Buffy noch einen Augenblick nachdenklich da und analysierte ihre Lage. Es war ein wunderschöner Morgen, wie er für das sonnige Südkalifornien typisch war, und Horden von Schülern schoben sich lachend und schwatzend durch das Schultor der Sunnydale High School.

Tja, am besten bringen wir's gleich hinter uns, dachte Buffy, und mit einem Seufzer wandte sie sich dem Eingang zu. Sie war so tief in Gedanken versunken, daß sie den hübschen Typen auf dem Skateboard nicht einmal bemerkte.

„Voll im Rennen ...", verkündete Xander und bahnte sich rücksichtslos einen Weg durch die Menge. „Voll im Rennen ... und er kann jetzt nicht abbremsen ..."

Er war groß und dunkelhaarig und schien sein Äußeres absichtlich zu vernachlässigen. Als er sich dem Tor der Schule näherte, erspähte er plötzlich ein Gesicht, das er noch nie zuvor gesehen hatte.

Sie war klein und zierlich, mit dunkelblondem Haar und großen blauen Augen, und sie hatte eines jener süßen herzförmigen Gesichter, denen er noch nie hatte widerstehen können. Sie trug Stiefel und einen superkurzen Rock, und als Xander an ihr vorbeifuhr, verrenkte er sich den Hals, um sie besser in Augenschein nehmen zu können, und vergaß dabei ganz, auf den Weg zu achten.

Im buchstäblich letzten Augenblick bemerkte er, daß er auf die Treppe zu raste, und ließ sich auf die Seite fallen. Mit einem heftigen Plumps landete er auf dem Bürgersteig. Doch als eine vertraute Gestalt herbeieilte, um ihm wieder aufzuhelfen, blickte er bereits wieder mit einem äußerst charmanten Grinsen zu ihr hoch.

„Willow!" rief Xander und rappelte sich auf, durch seinen dramatischen Auftritt keinesfalls peinlich berührt. „Du bist ganz genau der Mensch, den ich gerade sehen wollte."

„Wirklich?" fragte Willow hoffnungsvoll.

Sie war – nach Sunnydale-Maßstäben – ein häßliches und total langweiliges Mädchen. Es war schon schlimm genug, daß sie ihre Nase ständig in irgendwelche Bücher steckte, aber das war nichts im Vergleich zu ihrem größten Verbrechen: Gerüchten zufolge suchte ihre Mutter die Kleider für sie aus! Und doch strahlten Willows sanfte braune Augen voller Klugheit, und sie konnte hinreißend lächeln. Als Xander nun auf sie zukam, schien sie förmlich unter seiner Aufmerksamkeit aufzublühen. Xander jedoch nahm es wie üblich gar nicht wahr.

„Ja", erklärte er. „Weißt du, ich hatte da ein kleines Problem mit Mathe."

Willow ließ sich ihre Enttäuschung nicht anmerken. „Womit denn genau?"

„Mit Mathe. Kannst du mir heute abend helfen? Bitte? Sei doch mal 'n guter Kumpel."

„Tja", meinte Willow fröhlich, „und was springt dabei für mich raus?"

„Ein glänzender Nickel . . ."

„Okay. Hast du ‚Theorien der Trigonometrie'? Solltest du dir vielleicht mal besorgen."

Xander sah verblüfft aus. „Besorgen?"

„Aus der Bibliothek. Das ist der Ort, wo's die vielen Bücher gibt."

„Ach so." Er grinste wieder. „Hab's kapiert. Guck mal, ich *will* mich ja ändern."

Als sie hineingingen und sich einen Weg durch den überfüllten Flur bahnten, kam ihnen ihr Freund Jesse entgegen.

„Hi", grüßte Jesse, und Xander winkte ihm lässig zu.

„Was liegt an?"

Jesse verlor keine Zeit. „Ein neues Mädchen!"

„Stimmt!" pflichtete Xander ihm begeistert bei. „Hab sie schon gesehen. Ganz schön heiße Braut."

„Ich hab gehört, daß eine Neue hierhin versetzt worden ist", beteiligte sich Willow an dem Gespräch.

„Also", fuhr Xander fort, ohne auf Willows Bemerkung einzugehen. „Nun sag schon!"

„Sag was?" fragte Jesse. Er war groß und spindeldürr, trug das Haar kurzgeschnitten und hatte auffallend dichte Augenbrauen. Auf keinen Fall gehörte er zu den coolen Typen der Sunnydale High.

„Was ist Sache?" drängte Xander. „Was weißt du über sie?"

Jesse zuckte die Achseln. „'n neues Mädchen halt."

„Also", konterte Xander ohne Zögern, „mit dir ist heute ja überhaupt nichts los."

Buffy saß im Büro des Schulleiters und blickte ihr Gegenüber hinter dem Schreibtisch aufmerksam an. Mr. Flutie war ein übergewichtiger Mann in mittleren Jahren und nahm sich in seiner Position offenbar ziemlich wichtig. Jetzt holte er den Bericht über sie aus einer Akte, sah ihn durch und blickte ihr dann direkt in die Augen.

„Buffy Summers", dozierte er. „Im zweiten Jahr, frisch von der Hemery High in Los Angeles. Interessanter Bericht. Ganz nette Karriere."

Bevor Buffy etwas erwidern konnte, lächelte er und zerriß die Blätter sorgfältig in vier Teile.

„Willkommen in Sunnydale", verkündete er. „Hier, Buffy, machen wir reinen Tisch. Wir lassen die Vergangenheit ruhen. Uns interessiert nicht, was auf so einem Wisch Papier steht. Sogar, wenn da steht ..." Er unterbrach sich, blickte auf die zerrissenen Seiten und riß die Augen weit auf. „Ich muß schon sagen ... Aber in Sunnydale kümmern wir uns um den ganzen Schüler. Um den Menschen."

Als er sich wieder gefaßt hatte, fuhr Mr. Flutie in seinem Monolog fort, während er die zerrissenen Seiten beiläufig zu ihrer ursprünglichen Form zusammenlegte.

„Andere Schulen mögen sich auf den unglaublichen Leistungsabfall bei den Noten konzentrieren", sagte er. „Wir kümmern uns um die verzweifelte junge Frau, deren Leistungen so unglaublich gesunken sind. Andere Schulen scheren sich vielleicht um die Berichte über Bandenkriege ..."

„Mr. Flutie", unterbrach Buffy den schwergewichtigen Mann.

„Alle Schüler hier dürfen Bob zu mir sagen, wenn sie wollen ..."

„Bob ..."

„Aber sie tun es nicht."

Er öffnete eine Schreibtischschublade, zog eine Rolle Klebeband daraus hervor und begann damit, die zerrissenen Seiten akribisch zusammenzukleben.

„Mr. Flutie. Ich weiß ja, daß der Bericht über mich ein bißchen ... farbig wirkt ..."

„Ach, darum geht's doch nicht! Und meinst du übrigens, ‚farbig' wäre der richtige Ausdruck? Meinst du nicht eher ‚kläglich'? Unter uns gesagt, ich wäre für ‚kläglich'."

„So schlimm war es nicht."

Mr. Flutie starrte sie an. „Du hast die Turnhalle angezündet."

„Das stimmt. Das hab ich wirklich gemacht." Buffy zuckte zusammen. „Aber Sie müssen doch die Gesamtsituation sehen. Ich meine, diese Turnhalle war voller Vamp ... äh ... Asbest."

„Buffy. Mach dir keine Sorgen. In jeder anderen Schule würden sie jetzt sagen: ‚Paß auf, wo du hingehst' oder ‚Wir werden dich im Auge behalten' oder ‚Komm nur mit einer Schachtel Streichhölzer in die Nähe der Turnhalle, dann kannst du den Rest deiner Jugend im Knast verbringen', aber so halten wir es hier nicht. Wir wollen deine Bedürfnisse respektieren und dir helfen, unsere Regeln zu akzeptieren. Und wenn deine Bedürfnisse und unsere Regeln sich nicht im Wege stehen ..."

Immer noch verbindlich lächelnd, schob er die geklebten Seiten zwischen die Aktendeckel zurück und klappte sie zu. Buffy zuckte zusammen. Ihr aufgesetztes Lächeln bekam Risse.

Sie fühlte sich gedemütigt, als sie Mr. Fluties Büro verließ. Während sie auf dem Korridor stand und in ihrer Tasche nach einem Kaugummi suchte, wurde sie von einem achtlosen Schüler angerempelt. Ihre Tasche flog auf den Boden, und der Inhalt verteilte sich in alle Richtungen. Entmutigt kniete Buffy nieder und sammelte alles wieder auf. Zum zweiten Mal an diesem Morgen übersah sie Xander, der in der Nähe stand und alles beobachtet hatte. Er kam sofort herüber und kniete sich neben sie.

„Kann ich dich haben?" fragte er – und verbesserte sich augenblicklich: „Verdammt, ich meine, kann ich dir helfen?"

„O ja, danke."

Er sammelte die Sachen auf und reichte sie ihr.

„Ich kenne dich nicht, oder doch?"

„Ich bin neu hier. Ich heiße Buffy."

„Xander. Hi."

„Danke, Xander."

„Vielleicht sehn wir uns ja noch", versuchte Xander es von neuem. „Vielleicht in der Schule, weil wir ja beide . . . auf diese Schule gehen."

„Ja, vielleicht. Hat mich gefreut, dich kennenzulernen."

Er gab ihr die letzten Bücher. Sie stopfte sie in die Tasche und eilte davon.

„Wir gehen beide in die Schule." Verächtlich schüttelte Xander den Kopf. „Sehr scharfsinnig. Überhaupt nicht lächerlich."

Da sah er etwas auf dem Fußboden liegen. Bereits

während er sich bückte, um es aufzuheben, rief er ihr automatisch hinterher: „Oh, hör mal, du hast dein . . ." Er brach ab und starrte das Ding in seiner Hand an. „. . . deinen Pfahl . . .", sagte er.

Buffy war schon zu weit weg, um ihn noch zu hören.

Stirnrunzelnd betrachtete Xander den spitzen Holzpfahl, den er in den Händen hielt.

2

Buffy saß an einem der hinteren Tische und schrieb fleißig mit. Die Geschichtslehrerin leierte die Daten und Zahlen herunter, und sie mußte sich anstrengen, um mitzukommen.

„Die Pest führte zum Aussterben ganzer Generationen und zur Entvölkerung von Ortschaften und Landstrichen. Allein der ‚Schwarze Tod', wie die Epidemie genannt wurde, die 1347 bis 1352 Europa heimsuchte, kostete viele Millionen Menschenleben. Als Ursprungsherde gelten der Nordrand von Tibet und die ostafrikanischen Seen. Wenn ihr nun die Karte auf Seite dreiundsechzig anschaut, könnt ihr die Ausbreitung der Seuche in Europa verfolgen."

Alle schlugen die Bücher auf. Buffy hatte noch kein Buch, und als sie suchend in die Runde blickte, beugte sich ein Mädchen vom Nachbartisch zu ihr herüber. Es war groß und sehr hübsch, von exotischem Aussehen. Ihr Outfit – engsitzende Hosen und ein fast durchsichtiges Hemd – zeugten von großem Selbstbewußtsein.

„Hier", sagte es und schob das Buch näher, damit Buffy auch hineinsehen konnte.

„Danke." Buffy lächelte.

„Und welche sozialen Veränderungen brachte diese Epidemie mit sich?" fuhr die Lehrerin fort. Buffy glaubte schon, die Stunde würde niemals enden. Als es endlich klingelte, stellte sich das Mädchen vor.

„Hi, ich bin Cordelia."

„Ich bin Buffy."

„Wenn du nach 'nem eigenen Buch suchst – es gibt vielleicht noch ein paar in der Bibliothek."

„Oh, gut. Danke für den Tip. Und wo ist die Bibliothek?"

„Ich zeig dir den Weg."

Die beiden Mädchen drängten sich zwischen die anderen Schüler auf den überfüllten Korridor. Cordelia betrachtete Buffy mit unverhohlenem Interesse.

„Du bist von der Hemery hierher versetzt worden, stimmt's? Aus L. A.?"

„Ja."

„Oh! Was gäbe ich dafür, wenn ich in L. A. leben könnte. Wenn ich nur an die ganzen Klamotten denke . . . Und wie bist du hier gelandet?"

„Weil meine Mom umgezogen ist, deshalb. Ich meine, wir beide sind umgezogen. Aber es war meine Mom, die das unbedingt wollte."

„Du wirst dich hier schon zurechtfinden", versicherte Cordelia. „Wenn du dich an mich und meine Leute hältst, gehörst du im Handumdrehen dazu. Natürlich müssen wir erst mal prüfen, ob du auch cool genug bist. Du kommst ja aus L. A., da können wir den schriftlichen Teil überspringen, aber laß mal sehen . . . Scharfer Nagellack?"

„Out?" fragte Buffy zweifelnd.

„Völlig out", stimmte Cordelia zu. „James Spader."

„Er *muß* mich unbedingt anrufen."

„Doc Martens?"

„Schickimicki, aber wem's gefällt."

„John Tesh."

„Der Teufel?"

Cordelia nickte. „Das war natürlich die leichtere Variante, aber den Test hast du bestanden."

„Oh, super." Mit gespielter Erleichterung legte Buffy die Hand aufs Herz.

Sie schlenderten zum Wasserspender in der Mitte des Schulhofes.

„Willow!" Cordelia zog eine makellos gezupfte Braue hoch, als sie das unscheinbare Mädchen, das sich gerade über den Trinkbrunnen beugte, erkannte. „Hübsches Kleid. Gut zu wissen, daß du auch mal in die bessere Abteilung von *Sears* gehst."

Buffy sah den Schmerz in Willows Gesicht. Verblüfft über Cordelias Gemeinheit, starrte sie ihre neue Bekannte an.

Willows Antwort klang fast wie eine Entschuldigung. „Na ja, meine Mom hat's für mich ausgesucht."

„Ist ja kein Wunder, daß du die Typen scharenweise anziehst." Cordelias Tonfall war vernichtend. „Bist du fertig?"

„Oh", sagte Willow leise und trat sofort vom Brunnen zurück. Cordelia stellte sich davor und warf Buffy einen Blick zu.

„Wenn du hier klarkommen willst, lautet Regel Nummer eins: ‚Kenne die Verlierer'. Wenn du sie erst vom Sehen kennst, ist es viel einfacher, ihnen aus dem Weg zu gehen."

Sie beugte sich zum Trinken hinab. Buffy blickte Willow mit einem Gefühl des Unbehagens nach, dann folgte sie Cordelia in die Bibliothek.

„Und wenn du dich nicht bis über beide Ohren in

deine Bücher vergräbst, hast du vielleicht Zeit, heute abend ins *Bronze* zu kommen", schlug Cordelia vor.

„Ins was?"

„Ins *Bronze.* Ist der einzige Club hier, wo man hingehen kann. Sie lassen zwar jeden rein, aber trotzdem ist es noch der Treff für die Szene. Liegt im verrufenen Stadtteil."

„Und wo ist das?" erkundigte sich Buffy.

„Etwa einen halben Block von den besseren Vierteln entfernt. Wir haben hier nicht besonders viel City, wie du bald selbst gemerkt haben wirst."

Sie waren an der Bibliothek angelangt. Vor der Tür blieb Cordelia stehen.

„Also, dann versuch ich mal mein Glück."

„Gut. Ich sehe dich später in der Turnhalle, und dann kannst du mir alles erzählen, was es über dich zu wissen gibt."

Cordelia machte kehrt und stolzierte den Korridor entlang. Buffy, die sich herzlich wenig darauf freute, ihre ganze Lebensgeschichte zu erzählen, gestattete sich ein ironisches Grinsen.

„Hört sich nach 'ner Menge Spaß an", murmelte sie vor sich hin.

Sie öffnete die Tür zur Bibliothek und blieb überrascht im Türrahmen stehen. Die dunklen holzgetäfelten Wände, die hohen Fenster und die unzähligen langen Bücherregale verliehen dem Raum eine regelrecht vornehme Atmosphäre. Einige Stufen führten zu einer Galerie, auf der weitere deckenhohe Bücherregale untergebracht waren. In der Mitte des Raums stand ein riesiger Eichentisch, der von gemütlichen Schreibtischlampen in ein sanftes Licht getaucht wurde und der Bibliothek das Ambiente eines behaglichen Landhauses verlieh.

Um so mehr wunderte sich Buffy, daß sie ganz allein zu sein schien. Sie zog die Tür hinter sich ins Schloß und trat an den unbesetzten Ausgabetisch. Ihr Blick fiel auf eine zusammengefaltete Zeitung, die dort lag. Ein Artikel auf der Titelseite war mit Rotstift eingekreist. Die Schlagzeile lautete: *„Immer noch keine Spur der vermißten Jugendlichen"*; und daneben prangten die schlechten Fotografien dreier Jungen.

Buffy wanderte weiter in den Raum hinein und spähte um die Ecke eines Regals.

„Hallo? Ist hier niemand?"

Unversehens berührte sie jemand an der Schulter. Erschrocken fuhr sie herum.

„Kann ich Ihnen helfen?" fragte der Mann höflich. Er sprach mit britischem Akzent und sah sie dabei ruhig, aber eindringlich an.

Buffy stieß einen Seufzer der Erleichterung aus. „Ich hab ein paar . . . na ja . . . Bücher gesucht. Ich bin neu an der Schule."

„Miss Summers", sagte der Mann.

„Gut geraten. Schätze, ich bin die einzige Neue hier."

„Ich bin Mr. Giles, der Bibliothekar."

Buffy sah ihn einen Moment lang forschend an. Er war groß, schlank und wirkte in seinem englischen Tweed mit dem Nadelstreifenhemd und der Krawatte unaufdringlich elegant. Freundliche Augen blickten sie durch eine kleine Nickelbrille geradeheraus an.

„Super." Buffy grinste. „Dann haben Sie auch . . ."

„Ich weiß, was Sie haben wollen“, unterbrach der Bibliothekar sie, drehte sich um und ging auf den Ausgabetisch an der Tür zu. Buffy konnte erkennen, daß dahinter sein Büro lag, aber Mr. Giles hatte sie offensichtlich nicht dorthin führen wollen. Neugierig beobachtete sie, wie er ein Buch unter dem Tisch hervorzog und es ihr reichte. Es war groß und in Leder gebunden und trug auf seinem Einband ein einziges, in Gold geprägtes Wort: *Vampire* . . .

Es war das Buch aus ihrem Alptraum.

Ein sorgenvoller Ausdruck erschien in Buffys Augen – und zugleich müdes Verständnis. Sie trat vom Tisch zurück, hielt den Blick aber weiter auf den Bibliothekar gerichtet.

„Das ist nicht das Buch, das ich gesucht habe“, sagte sie und bemerkte selbst, wie mühsam die Worte klangen.

„Sind Sie sicher?“

„Ziemlich sicher.“

Mr. Giles zögerte – dann nickte er fast unmerklich. „Mein Fehler.“

Er schob das Buch wieder unter den Tisch.

„Nun“, fuhr er mit leiser Stimme fort, „was war es noch, was Sie haben . . .“ Er sah auf und blickte in einen leeren Raum.

Buffy war verschwunden.

Die beiden Mädchen in dem Umkleideraum der Turnhalle unterhielten sich angeregt, während das Thema ihres Gesprächs gerade die Bibliothekstür hinter sich schloß.

„Die Neue?“ sagte eine der beiden. „Die kommt

mir ein bißchen komisch vor. Und was für ein Name soll das bloß sein – Buffy?“ Sie drehte sich um, als ein weiteres Mädchen den Raum betrat. „Hi, Aphrodesia.“

„Hi“, antwortete Aphrodesia zerstreut.

„Also“, nahm Aura das Gespräch wieder auf, „in der Cafeteria quatschen sie darüber, daß sie aus ihrer letzten Schule rausgeschmissen wurde und ihre Mom deshalb 'nen neuen Job suchen mußte.“

„Das glaube ich nicht“, entgegnete Aphrodesia, aber Aura nickte bekräftigend.

„Doch. Sie hat immer Schlägereien angefangen.“

Aphrodesia schloß ihren Spind auf. „Niemals!“

„Also, ich hab es von Blue gehört“, beharrte Aura, „und sie hat den Bericht gesehen ...“ Sie sollte diesen Satz nicht mehr beenden.

Ohne Vorwarnung kippte etwas aus dem Spind, und Aphrodesia stieß einen schrillen Schrei aus, als ihr die Leiche eines Jungen in die Arme fiel. Seine weit aufgerissenen Augen starrten sie an, als hätte er zum Zeitpunkt seines Todes etwas wirklich Schreckliches gesehen. Sie kannte ihn nicht, und sie konnte auch nicht wissen, daß er letzte Nacht mit seiner Freundin in die Schule eingebrochen war – mit der Absicht, ein Schäferstündchen auf dem Dach der Turnhalle zu verbringen.

Aphrodesia schrie immer noch, als die Leiche ausgestreckt zu ihren Füßen lag, die toten Augen weiterhin unverwandt auf sie gerichtet.

3

Sorgfältig untersuchte Willow ihr Lunchpaket. Vollwert, wie gewöhnlich. Sie war so in Gedanken versunken, daß sie nicht hörte, wie sich ihr jemand von hinten näherte. Der plötzliche Klang einer fremden Stimme ließ sie zusammenfahren.

„Äh . . . hi", sagte die Stimme. „Du bist Willow, stimmt's?"

Willow drehte sich um. „Warum?" fragte sie argwöhnisch, doch als sie Buffy erkannte, wurde sie freundlicher: „Oh, hallo. Soll ich ein Stück rücken?"

„Warum fangen wir nicht mit ‚Hi, ich bin Buffy' an", schlug Buffy vor und setzte sich neben Willow. „Und laß uns gleich damit weitermachen, daß ich dich um einen Gefallen bitten möchte. Dafür mußt du nicht zur Seite rücken, aber vielleicht kannst du mal 'ne Zeitlang mit mir rumhängen."

Willow sah Buffy zweifelnd an. „Aber hängst du nicht . . . mit Cordelia rum?"

„Kann ich nicht beides tun?"

„Von Rechts wegen nicht."

„Sieh mal, ich will hier wirklich zurechtkommen", erklärte Buffy. „Cordelia ist wirklich nett – jedenfalls zu mir –, aber ich hab dieses brennende Verlangen, nicht in allen Fächern total abzusacken, und dann hörte ich gerüchtweise, daß ich mich an dich wenden sollte, wenn ich den Stoff aufholen will."

Willow strahlte. Offenbar war es ihr zunächst egal, aus welchem Grund man ihre Bekanntschaft suchte.

„Oh, ich könnte dir schon helfen! Wenn du in der sechsten Stunde frei hast, könnten wir uns in der Bibliothek treffen ..."

„Oder auch nicht", lehnte Buffy entschieden ab. „Vielleicht gibt es noch einen anderen Ort? Ich meine, wo mehr Leute sind. In der Bibliothek kriege ich 'ne Gänsehaut."

„Mit der Meinung stehst du nicht alleine da. Ich hingegen finde sie ganz toll. Sie haben eine Superauswahl, und der neue Bibliothekar ist echt cool."

„Der neue?"

„Ja, er hat gerade erst angefangen. Er war Kurator in irgendeinem britischen Museum. Oder vielleicht auch *dem* Britischen Museum, das weiß ich nicht so genau. Aber er hat 'ne Menge Ahnung, weiß über alles Bescheid. Und er hat diese ganzen historischen Werke und Biographien mitgebracht."

Die Mädchen blickten auf, als Xander und Jesse an ihnen vorbei schlenderten.

„Hi! Seid ihr beschäftigt?" grüßte Xander. „Können wir euch stören? Also, wir stören euch jetzt."

„Hi." Buffy lächelte.

Jesse winkte lässig mit der Hand.

„Buffy, das ist Jesse", stellte Willow vor. „Und das ist Xander."

„Oh, Buffy und ich kennen uns schon lange", meinte Xander gelassen. „Wir sind alte Freunde. Dann gab es eine Zeit, wo wir einander fremd geworden sind – ich glaube, wir mußten beide Veränderungen durchmachen –, aber hier und jetzt ist es wieder wie in den guten, alten Zeiten. Und ich bin sehr bewegt, muß ich schon sagen."

Buffy starrte ihn an, halb erfreut, halb verblüfft.

„Liegt es an mir?“ fragte Jesse ihn. „Oder warum benimmst du dich plötzlich wie ein sabbernder Schwachkopf?“

Für den Bruchteil einer Sekunde wirkte Xander fast verlegen. „Liegt nicht an dir.“

„Nett, euch kennenzulernen“, schaltete sich Buffy ein. „Glaube ich wenigstens.“

„Tja, wir wollten dich willkommen heißen, dir helfen, dich hier mehr wie zu Hause zu fühlen“, erklärte Jesse galant.

„Und dir das hier zurückzugeben“, fügte Xander hinzu. Er zog den Pfahl aus der Tasche, den Buffy verloren hatte. „Was willst du eigentlich damit? 'nen netten kleinen Zaun für dein Meerschweinchen bauen, oder was?“

„O nein!“ Blitzschnell suchte Buffy nach einer Erklärung. „Der ist bloß zur Selbstverteidigung. Jeder in L. A. hat jetzt so 'n Ding. Tränengas ist ja so *passé*.“

Xander nickte ernst, schien aber nicht ganz überzeugt. „Aha. Dann erzähl uns mal alles über dich: Was du magst, was du so in deiner Freizeit machst, was du in einem Mann suchst – einfach alles.“

„Ob du irgendwelche düsteren, schmerzlichen Geheimnisse hütest, die wir veröffentlichen können“, schlug Jesse vor.

Buffy verdrehte etwas genervt die Augen. Zuerst Cordelia, die ihre Lebensgeschichte wissen wollte, und nun das. „Alle wollen über mich Bescheid wissen. Echt scharf!“ Ihre Stimme klang leicht sarkastisch.

„Ja, weißt du, in so 'nem Kaff wie Sunnydale ist

nicht gerade der Bär los", gestand Xander. „Deshalb bist du 'ne große Neuigkeit."

„Bin ich nicht. Ehrlich."

„Gehen dir diese Typen auf den Geist?" Wie gerufen tauchte Cordelia hinter Jesse auf. Ihr Gesicht zeigte deutlich die Verachtung, die sie für Buffys Umgang empfand.

Buffy blickte erstaunt zu ihr hinüber. „O nein."

„Sie hängt nicht mit uns rum", erklärte Willow hastig, während sich Jesse darauf beschränkte, Cordelia wie ein verliebtes Kaninchen anzustarren.

„Hi, Cordelia", begrüßte er sie.

„Also bitte!" Cordelia warf ihm einen vernichtenden Blick zu und wandte sich dann an Buffy. „Ich will dich ja gar nicht an deinem sozialen Abstieg hindern, ich wollte dich nur darüber informieren, daß du unsere Trainerin Foster, die Frau mit der behaarten Brust, nicht antreffen wirst, weil die Turnhalle wegen diesem äußerst toten Typen im Spind geschlossen ist."

Buffy starrte sie nur an. „Was?"

„Was redest du da?" Willow setzte sich kerzengerade auf.

„Irgend so ein Typ hat in Auras Spind gesteckt", erklärte Cordelia.

„Tot", wiederholte Buffy.

„Ziemlich tot", bestätigte Cordelia.

„Also nicht nur ein bißchen tot", fügte Xander hinzu.

Cordelia warf ihm einen ihrer sengenden Blicke zu. „Kannst du nicht woanders rumhängen?"

„Wenn du eine Schulter brauchst, um dich auszuweinen", bot Jesse an, „oder zum Anbeißen . . ."

„Wie ist er gestorben?" unterbrach ihn Buffy, den Blick unverwandt auf Cordelia gerichtet.

„Keine Ahnung . . ."

„Ich meine, gab es irgendwelche Spuren?"

„Bist du irgendwie krankhaft veranlagt, oder was?" Cordelia starrte Buffy an, als sei sie eine Art Alien. „Danach hab ich doch nicht gefragt!"

Unvermittelt stand Buffy auf. „Äh, hört mal, ich muß mich jetzt eintragen. Bis später dann."

„Was ist denn mit der los?" fragte Cordelia ärgerlich.

Buffy eilte zur Turnhalle und ließ die anderen verwirrt zurück.

4

Buffy begab sich unverzüglich in die Umkleideräume und stieß dabei fast mit Mr. Flutie zusammen, der gerade die Tür hinter sich abschloß.

„Oh! Buffy!“ Erstaunt blickte er sie an. „Äh, was willst du denn hier?“

Buffy bemühte sich, ihre Worte möglichst beiläufig klingen zu lassen: „Ähm, ist da vielleicht ein Typ drin, der tot ist?“

„Wo hast du denn das gehört?“ fragte der Schulleiter hastig. Dann hatte er sich wieder in der Gewalt. „Ja. Es stimmt. Aber es ist keiner unserer Schüler! Jedenfalls nicht mehr.“

„Wissen Sie, woran er gestorben ist?“

„Was?“

„Ich meine“, Buffy suchte nach Worten, „wie konnte das passieren?“

„Nun, das herauszufinden ist Sache der Polizei, wenn sie hier eintrifft“, erwiderte Mr. Flutie. „Aber dieses Gebäude entspricht den Sicherheitsbestimmungen – immerhin werden hier regelmäßig Inspektionen durchgeführt –, und ich glaube nicht, daß man uns ein Verfahren anhängen kann.“

„War viel Blut da?“ Buffy konnte sich nicht beherrschen, sie mußte diese Frage stellen. „War da überhaupt Blut?“

Mr. Flutie sah sie argwöhnisch an. „Ich möchte mal annehmen, daß du dich nicht in so eine üble Sache einmischen willst.“

„Will ich auch nicht", versicherte Buffy. „Könnte ich nur mal kurz einen Blick in die Umkleide werfen?"

„Es sei denn, du bist schon in die Sache verwikkelt..."

Buffy schüttelte energisch den Kopf.

„Buffy", fuhr der Schulleiter ein wenig sanfter fort, „ich verstehe ja, daß es sehr verwirrend ist. Wahrscheinlich fühlst du dich im Moment etwas verloren. Du solltest dich jemandem anvertrauen."

Mit einem matten Lächeln nickte Buffy ihm zu und trat den Rückzug an.

Sie hatte nicht die Absicht, so leicht aufzugeben.

Sie rannte aus dem Gebäude und näherte sich der Turnhalle von der anderen Seite. Der Hintereingang zu den Umkleideräumen war leicht zu finden. Sie drehte den Türknauf, aber die Tür war verschlossen.

Buffy blickte sich um und vergewisserte sich, daß sie allein war. Mit aller Kraft trat sie gegen die Tür. Die Tür vibrierte zwar, aber sie hielt dem Tritt stand. Doch es war keine Sicherheitstür. Buffy trat ein zweites und ein drittes Mal dagegen, und schließlich zersplitterte das Schloß.

Sie erblickte die Leiche sofort, die unter einer Dekke ausgestreckt auf dem Boden lag. Zögernd trat Buffy näher. Sie wußte, daß der Anblick ihr nicht gefallen würde. Langsam schlug sie die Decke von Kopf und Schultern der Leiche zurück.

Ihre Züge nahmen einen grimmigen Ausdruck an. Fast kochend vor Wut starrte sie auf den leblosen Körper.

„Na toll!" brach es aus ihr heraus.

Auf dem Hals des Jungen waren deutlich zwei Bißmale zu erkennen.

Ein paar Augenblicke später betrat Buffy ein zweites Mal die Bibliothek. Sie hatte nicht erwartet, diesen Raum so schnell wiederzusehen. Aber sie hatte sich geirrt.

„Also gut, worum geht's wirklich?" wollte sie wissen.

Giles stand auf der Galerie und war völlig in ein Buch vertieft. Er blickte ihr entgegen, als sie die Treppe hinaufstieg.

„Verzeihung?" fragte er.

„Sie haben doch von dem Toten gehört, oder?" blaffte Buffy. „Von dem toten Typen im Spind?"

„Ja."

„Also, das ist 'ne ganz verrückte Sache: Er hat zwei kleine Einstiche im Hals, und sein Körper ist völlig blutleer. Ist das nicht merkwürdig? Finden Sie nicht, daß man sich darüber aufregen kann?"

Giles stieß einen Seufzer aus. „Ich hatte so etwas befürchtet."

„Ich aber nicht! Es ist mein erster Tag an dieser Schule. Ich hatte befürchtet, daß ich im Unterrichtsstoff nicht mitkommen würde, daß ich keine Freunde fände, daß sie mir alles mögliche anhängen würden – aber ich habe nicht im Traum daran gedacht, daß wir Vampire auf dem Campus haben könnten! Und es ist mir auch egal."

„Warum bist du dann hier?"

Das brachte sie zum Schweigen, doch nur für einen Augenblick.

„Um Ihnen zu sagen, daß es mir egal ist." Aber Buffys Stimme klang bereits weniger energisch. „Ist es mir auch, ehrlich, und . . . und jetzt habe ich es Ihnen gesagt", stotterte sie. Sie drehte sich um und marschierte zur Tür, ein wenig beschämt über ihren unehrenhaften Rückzug.

„Wird er sich wieder erheben?" fragte Giles.

Buffy verharrte mitten im Schritt. „Wer?"

„Der Junge."

„Nein, er ist einfach nur tot."

„Wie kannst du so sicher sein?"

Buffy schüttelte den Kopf. „Um zu einem Vampir zu werden, müssen sie *dein* Blut trinken, und dann mußt du *ihr* Blut trinken – es ist eine gegenseitige Sauferei. Aber in den meisten Fällen trinken sie einfach dein ganzes Blut, und du stirbst . . . Warum rede ich eigentlich immer noch mit Ihnen?"

„Du hast keine Ahnung, was hier vorgeht, stimmt's?" Giles wählte seine Worte sorgfältig; er forderte sie heraus. „Glaubst du, es ist purer Zufall, daß du hierhergekommen bist? Dieser Junge war doch erst der Anfang."

Buffy drehte sich um und sah zu ihm auf. „Warum können Sie mich nicht in Ruhe lassen?"

„Weil du die *Jägerin* bist."

Buffy wurde starr. All die klugen Dinge, die sie ihm hatte sagen wollen, blieben ihr im Halse stecken. Sie sah schweigend zu, wie Giles mit feierlichem Blick die Treppe herunterkam.

„In jeder Generation wird nur eine Jägerin geboren", begann er. „Ein Mädchen, ein einziges auf der ganzen Welt, eine *Auserwählte*. Eine, die geboren wird . . ."

Ein Ruck ging durch Buffy und sie fiel mit ein: „... mit der Stärke und der Fähigkeit, die Vampire zu jagen ..."

Giles verstummte und ließ Buffy allein fortfahren.

„... um die Verbreitung des Bösen zu beenden ... Blabla, ich hab's ja kapiert, okay?" giftete sie ihn an.

Giles sah bestürzt aus. „Ich verstehe deine Haltung nicht. Du hast deine Aufgabe doch angenommen, du hast bereits Vampire vernichtet."

„Ja, ich war zur rechten Zeit am rechten Ort und habe meine Aufgabe erfüllt. Aber jetzt geht das Leben weiter."

Giles schwieg einen Augenblick und fragte dann: „Was weißt du über diese Stadt?"

„Daß man von hier aus auf der Autobahn zwei Stunden bis zum nächsten Kaufhaus braucht."

Nachdem er ihr mit einer Geste bedeutet hatte, auf ihn zu warten, verschwand Giles in einem Hinterzimmer und redete dabei weiter: „Grab mal ein bißchen in der Geschichte nach, und du wirst herausfinden, daß es hier einen stetigen Strom merkwürdiger Ereignisse gab. Ich glaube, daß diese Gegend ein Zentrum mystischer Energie ist – sie zieht Dinge an, die du anderswo nicht findest."

Er kam mit einem Stapel Bücher zurück.

„Zum Beispiel Vampire", meinte Buffy.

Sie versuchte ihm auszuweichen, aber er zog ein Buch aus dem Stapel und reichte es ihr. Es ähnelte dem Buch über Vampire, das er ihr zuvor gezeigt hatte, und während Buffy auf den Einband starrte, lud er ihr immer mehr Bücher auf die Arme.

„Zum Beispiel Werwölfe", fuhr Giles hastig fort.

„Zombies, Dämonen . . ." Er beugte sich nah zu ihr herüber. „All das, wovor du dich als Kind im Dunkeln gefürchtet hast, und was für dich bei Tageslicht nicht existent ist."

„Sie sagen es: ‚nicht existent'." Jetzt fiel Buffy wieder ein, was sie ihm ursprünglich alles hatte sagen wollen. „Ich bin zwar Vampirjägerin . . .", sie lud die Bücher in seinen Armen ab, „. . . aber ich bin in den Ruhestand gegangen. Hey, jetzt hab ich's! Warum bringen *Sie* die Biester nicht um?"

Giles' Lächeln wirkte überrascht. „Ich bin bloß der *Wächter.* Ich habe nicht deine Fähigkeiten."

„Ach, nun machen Sie aber mal 'nen Punkt. So schwer ist das doch nicht – Pfahl durchs Herz, bißchen Sonne drauf – ist auch nicht schwerer, als 'nen Baum zu fällen oder ein Kotelett zu grillen."

„Der Jäger jagt", erklärte Giles geduldig. „Und der Wächter . . ."

„Wacht?"

„Ja. Nein!" Giles war etwas durcheinander. „Er . . . er . . . ist der Trainer, er bereitet den Jäger auf seine Aufgaben vor . . ."

„Bereitet mich auf *was* vor?" Nun war Buffy wirklich böse. „Aus der Schule rausgeschmissen zu werden? Alle meine Freunde zu verlieren? Daß ich meine Zeit damit verbringe, um mein Leben zu kämpfen, aber nie jemandem etwas darüber erzählen darf, weil ich die anderen in Gefahr bringen könnte? Nur weiter so." Sie funkelte ihn herausfordernd an. „Bereiten Sie mich vor."

Sie drehte sich auf dem Absatz um und eilte davon. Giles hastete hinter ihr her.

Beide waren so in ihre Diskussion vertieft gewesen, daß sie die dunkle Gestalt zwischen den Regalen nicht wahrgenommen hatten. Doch nun trat Xander hervor. Auf seinem Gesicht zeichneten sich Belustigung, Aufregung und völlige Verständnislosigkeit ab. Er blickte auf das Exemplar von „Theorien der Trigonometrie" in seinen Händen und dann wieder zum Eingang der Bibliothek. Eine ganze Weile lang bewegten sich seine Lippen, ohne einen Laut hervorzubringen. Doch dann hallte seine Stimme in der Stille wider.

„*Was*?"

Giles verfolgte Buffy durch den ganzen Korridor, drängte sich durch den Pulk von Schülern, die von der einen Unterrichtsstunde zur anderen hasteten.

„Es wird schlimmer!" rief er hinter Buffy her.

Sie blieb stehen und wirbelte herum, sah ihm in die Augen. Da sie sich der vielen Menschen um sie herum bewußt war, versuchte sie, nicht zu laut zu seufzen. „Was wird schlimmer?"

„Der Zustrom der Untoten", murmelte Giles und zog sie aus der Mitte des Korridors an den Rand. „Die übernatürlichen Kräfte. Seit Jahren schon werden es immer mehr und nun ... Es gibt einen Grund, warum du hier bist, und es gibt einen Grund, warum es *jetzt* ist."

„Ja, den gibt es: Weil meine Mom *jetzt* hierhergezogen ist."

Sie wollte ihn stehenlassen, aber er hob den Arm, um sie aufzuhalten. „Etwas wird kommen", beharrte er. „Etwas wird in Kürze hier geschehen."

Buffy zog seinen Arm herunter. „Gottchen! Könnten Sie das vielleicht mal etwas genauer ..."

Doch Giles' Stimme war noch leiser geworden. Buffy mußte sich anstrengen, um ihn zu verstehen.

„Soweit ich es beurteilen kann", erklärte er, „deuten die Zeichen auf einen Aufruhr dieser Wesen hin, und das schon sehr bald . . . in ein paar Tagen, möglicherweise früher."

Buffy sah ihn mit zusammengekniffenen Augen an. „Ach, hören Sie doch auf. Wir sind schließlich in Sunnydale. Was soll es hier schon Schlimmes geben?"

5

Draußen war es Nacht geworden. An diesem dunklen und verrufenen Ort aber herrschte ständige Nacht. Hier, wo nicht einmal das Licht der flackernden Kerzen die Dunkelheit durchdringen konnte, wo Schatten über feucht glänzende, verwitterte Mauern glitten, in Winkel und Spalten sickerten und über die leeren Gesichter zerborstener Statuen huschten.

Auch die menschlichen Gestalten, die auf dem Boden knieten und ihre Gesichter flehend emporreckten, glichen Statuen – merkwürdigen, seelenlosen Mahnungen an Tod und Verderben.

Um sie herum erhob sich unheimlicher Gesang ... schwoll an und verklang ... hallte endlos wider im düsteren Raum.

Luke hielt sich von den anderen fern. Er überragte alle an Größe, selbst jetzt, wenn er kniete. Er war ein großer Mann von imposanter Statur, mit breiter Nase und eng stehenden Augen, die an ein Reptil erinnerten. Einem unwissenden Betrachter wäre er wie ein junger Mann Mitte Zwanzig erschienen, doch in Wahrheit war Luke wesentlich älter. Seine Kleidung stammte aus einer alten, vergessenen Zeit, deren Epoche niemand mehr hätte benennen können.

Der Gesang wurde nun lauter und intensiver. Luke blickte eine ganze Weile lang auf die ruhige, zähflüssige Oberfläche des dunkelroten Teiches. Dem Teich aus Blut.

„Der Schlafende wird erwachen“, verkündete er.

Seine Stimme war tief und volltönend; sein Antlitz das eines Vampirs. Sein Atem roch nach Friedhöfen und verrottenden Leichen.

„Der Schlafende wird erwachen", wiederholte Luke. „Und die Welt wird bluten."

Langsam tauchte er einen Finger in das Blut.

„Amen."

Die Kerzen flackerten wild, und für einen kurzen Moment wurde es heller, zeigten sich die Umrisse der verfallenen Ruine. Einst hatte hier eine prachtvolle Kirche gestanden, die nun seit langer Zeit unter der Erde verborgen lag. Pfeiler und Bögen standen und hingen schief im Raum. Von allen Seiten ragten Gesteinsmassen der umgebenden Felsen in das ehemalige Kirchenschiff hinein. Der glänzende Teich aus Blut breitete sich als zähe Masse über dem ehemaligen Altar aus.

Der Gesang schwoll weiter an. Er erfüllte den Raum mit Anbetung und Verzweiflung, erzitterte mit jedem Schatten, jedem Herzschlag, während die Gläubigen warteten.

6

Buffy stand vor dem Spiegel in ihrem Schlafzimmer und zerbrach sich den Kopf, was sie heute abend anziehen sollte. Sie hielt sich ein Kleid vor, bei dem sichtlich an Stoff gespart worden war, und sagte laut zu ihrem Spiegelbild: „Hi! Ich bin 'ne totale Schlampe!"

Irgendwie paßte das nicht so richtig. Sie nahm ein anderes, sehr viel braveres Kleid und musterte sich eingehend.

„Hi! Hättest du gern die neueste Ausgabe vom *Wachturm*?"

Immer noch nicht richtig. Frustriert warf sie beide Teile auf den Boden.

„Ich hatte das doch mal so gut drauf!" grollte sie. In diesem Augenblick betrat ihre Mutter das Zimmer.

„Willst du heute abend ausgehen, Liebling?" fragte Joyce.

„Ja, Mom. Ich gehe in einen Club."

„Sind da auch Jungs?"

„Nein, Mom – es ist ein Nonnenheim."

Ihre Mutter ignorierte den Sarkasmus. „Paß auf dich auf, ja?"

„Klar."

Buffy spürte, daß die Unterhaltung auf gefährliches Terrain geriet. Sie blickten einander an, Mutter und Tochter, und fühlten sich ein wenig unbehaglich.

„Ich glaube, wir können es hier schaffen", meinte Joyce. „Ich hab jetzt einen richtigen Energieschub. Ich werde die Galerie wieder auf die Beine stellen. Und weißt du was? Wir haben vielleicht sogar schon einen Raum gefunden."

Buffy versuchte Begeisterung zu zeigen. „Super."

„Diese Schule wird gut auf dich aufpassen, und das brauchst du jetzt auch."

„Mom ..."

„Oh, natürlich nicht zu sehr aufpassen. Du bist jetzt sechzehn, ich habe schon alles über die Gefahren des zu ausgeprägten Beschützerinstinkts gelesen." Joyce zögerte, dann sprach sie aus, was sie wirklich dachte: „Es ist schwer. Eine neue Stadt und all das. Für mich ist es auch schwer. Aber ich versuche, das Beste daraus zu machen. Ich *werde* das Beste daraus machen."

„Das weiß ich doch."

„Du bist ein gutes Mädchen, Buffy. Du bist nur an die falsche Clique geraten. Aber das liegt jetzt alles hinter uns."

„Genau", versicherte ihr Buffy. „Von nun an werde ich nur noch mit den Lebenden verkehren. Ich ... ich meine, mit den lebhaften ... Leuten."

Ihre Mutter sah erleichtert aus. „Okay. Mach dir 'nen schönen Abend."

Buffy entschied sich schließlich für die engen Hosen und das taubenblaue Hemd, das sie offen über dem hautengen Stricktop tragen wollte, und beschloß, sich das Haar aufzustecken.

Sie ging zu Fuß ins *Bronze*, um etwas von der Stadt kennenzulernen. Nachdem sie das helle Licht der Straßenlaternen in der Vorstadt hinter sich gelassen hatte, erreichte Buffy schon bald die dunkleren verlassenen Gegenden am äußersten Rand des Zentrums.

Sie bog um eine Ecke und fragte sich, wie weit sie noch laufen mußte. Vor ihr erstreckte sich ein endlos langer, in dunkle Schatten gehüllter Bürgersteig, und ihre Schritte verursachten in der Stille ein unangenehmes Echo. Sie konnte die Ereignisse des Tages nicht aus ihren Gedanken verbannen – all die Leute, die sie kennengelernt hatte, all die seltsamen Dinge, die geschehen waren. Gedankenverloren setzte sie ihren Weg fort, bis ihr plötzlich bewußt wurde, daß sie nicht allein war.

Da waren noch andere Schritte.

Schritte hinter ihr . . . Schritte, die ihren folgten.

Buffy wirbelte herum.

Sie sah eine Gestalt, die dort in der Dunkelheit stand. Die Gestalt bewegte sich nicht.

Obwohl sie das Gesicht des Fremden nicht erkennen konnte, hatte Buffy den sicheren, beängstigenden Eindruck, daß er sie eindringlich musterte.

Sie drehte sich abrupt um und ging weiter.

Die Gestalt folgte ihr.

Buffy ging schneller. Wieder konnte sie die Schritte hinter sich hören, gleichmäßig und unerbittlich. Mit einem ersten Aufflackern der Angst bog Buffy um die nächste Ecke und legte noch einen Schritt zu.

Die Gestalt kam nicht näher, fiel aber auch nicht zurück. Sie hielt immer den gleichen Abstand.

Buffy lehnte sich in einem schmalen Durchgang zwischen zwei Häusern an die kalte Mauer und schätzte ihre Möglichkeiten ab. Ein gutes Stück über ihr verlief ein langes Rohr über dem Weg. Das Ende des Durchgangs wurde von einer Reihe übelriechender Mülltonnen blockiert.

Mit einer geschmeidigen Bewegung zog sich Buffy auf das Rohr hinauf. Sie wartete, bis die Gestalt in den Durchgang einbog, und ließ sich dann ohne Vorwarnung auf ihren Verfolger fallen. Ihre Beine schlossen sich fest um seinen Hals. Sie riß ihn mit sich, als sie ihr Gewicht verlagerte, rollte blitzschnell herum und schickte ihn krachend zu Boden, während sie selbst sicher wieder auf den Füßen landete.

Sofort war er wieder auf den Beinen, doch sie warf sich mit aller Kraft gegen ihn und schleuderte ihn gegen die Mauer. Erst jetzt wurde ihr bewußt, daß er keine Anstalten machte, sich zu wehren. Statt dessen hob er beschwichtigend die Hände hoch.

„Haben Sie irgendein Problem?" erkundigte sich der junge Mann. Er wirkte ein wenig belustigt.

Buffy sah ihn argwöhnisch an und stellte zu ihrer Überraschung fest, daß er ausnehmend gut aussah. Groß und dunkel, mit einem markanten Gesicht und dichtem Haar. Seine tiefliegenden Augen wirkten geheimnisvoll und verliehen ihm etwas Unnahbares. Und doch war noch etwas anderes in seinem Blick verborgen: ein seltsam wissender Ausdruck, der Buffy ein wenig Unbehagen bereitete. Er hatte sich während des Handgemenges mit der behenden Grazie eines Kämpfers bewegt, doch nun stand er ruhig da und starrte sie an.

„Ja, es gibt ein Problem!" fuhr Buffy ihn an. „Warum verfolgen Sie mich?"

Seine Stimme klang ganz ruhig, sachlich. „Ich weiß, was Sie denken, aber machen Sie sich keine Sorgen. Ich beiße nicht."

Es war nicht im entferntesten das, was sie zu hören erwartet hatte. Sie trat einen Schritt zurück. Die Verblüffung war ihr deutlich anzusehen.

„Um die Wahrheit zu sagen, ich glaubte, Sie wären etwas größer", fuhr der junge Mann fort. „Oder 'n bißchen kräftiger, mit ein paar mehr Muskeln. Trotzdem sind Sie ganz schön fit."

„Was wollen Sie?"

„Dasselbe wie Sie."

„Und was will ich?"

Seine Miene wurde ernst.

„Du willst sie vernichten. Du willst sie alle vernichten."

Buffy hätte für den Bruchteil einer Sekunde fast die Beherrschung verloren. Doch dann riß sie sich blitzschnell zusammen und lieferte eine ihrer besten Vorstellungen als Quizmaster: „Die Antwort ist leider falsch. Unsere Trostpreise sind heute diese wunderhübsche Armbanduhr und ein Jahr lang kostenlos Bohnerwachs. Die richtige Anwort lautet: *Laß mich in Ruhe!*"

Er blickte ihr unverwandt in die Augen. „Glaubst du wirklich, daß du noch die Wahl hast? Du stehst am Tor zur Hölle. Und es wird sich bald öffnen."

Langsam griff er in seine Manteltasche. Als er die Hand wieder hervorzog, lag darin ein Gegenstand, der wie ein kleines Schmuckkästchen aussah.

„Wende dich nicht ab von deiner Aufgabe", warnte er sie und warf ihr das Kästchen zu. „Du mußt bereit sein."

Buffy reckte trotzig ihr Kinn in die Höhe. „Bereit wofür?“

„Für die *Ernte*.“

Dann wandte er sich ab und ging den Weg zurück, den er gekommen war. Buffy rief hinter ihm her.

„Wer bist du?“

„Laß uns sagen, ich bin ein Freund.“

„Vielleicht will ich ja gar keinen Freund“, sagte Buffy, die am Ende ihrer Geduld war.

Er lächelte geheimnisvoll. „Ich hab ja auch nicht gesagt, daß ich *dein* Freund bin . . .“

Buffy sah ihm nach. Erst als seine Gestalt von der Dunkelheit verschluckt worden war, öffnete sie vorsichtig das Kästchen. Darin lag ein kleines, antikes Kreuz an einer langen Silberkette.

Sie blickte schnell auf. Doch der geheimnisvolle junge Mann war verschwunden.

7

Ziemlich viele Menschen schoben sich ziellos durch den Club mit dem Namen *Bronze*.

Buffy erkannte sofort, daß es auf keinen Fall ein Szenetreff war – im Gegenteil, es war eher eine Art Spelunke –, aber die Atmosphäre schien den Schülern der High School und einigen älteren Semestern, die alle in der Schlange standen und auf Einlaß warteten, gut zu gefallen. Auch der Eintritt zum Allerheiligsten war mit keinen besonderen Formalitäten verbunden: Man zahlte ganz einfach vier Dollar und bekam einen Stempel auf die Hand, wenn man das Alter erreicht hatte, in dem man Alkohol trinken durfte.

Sie bewegte sich durch die wartende Menge und suchte nach einem vertrauten Gesicht, doch sie kannte niemanden. Drinnen war es dunkel, laut und voll. Auf der Bühne zog eine Band ihre wilde Show ab, und doch benahmen sich die Zuschauer relativ zivilisiert. Eine Menge Teenager drängten sich in die etwas ruhigere Cafeteria im hinteren Teil des Raums, während andere die Szenerie von der umlaufenden oberen Galerie aus beobachteten.

Buffy bahnte sich ihren Weg durch die Menge und hielt immer noch Ausschau nach einem bekannten Gesicht. Ein gutaussehender Typ winkte ihr lächelnd zu.

Buffy lächelte ebenfalls und winkte zurück, bis sie plötzlich bemerkte, daß der Typ jemanden hinter ihr gemeint hatte. Verlegen ließ sie ihre Hand auf den

Kopf sinken und tat so, als müßte sie ihr Haar neu feststecken. Sie war erleichtert, als sie endlich Willow an der Theke entdeckte, die gerade mit schüchterner Stimme ein Soda bestellte. Buffy eilte zu ihr hin.

„Hi!" Buffy grinste.

„Oh, hi!" Willow sah gleichzeitig überrascht und erfreut aus. Auch wenn sie mit ihrem farblosen Outfit etwas fehl am Platz wirkte.

„Bist du mit jemandem verabredet?"

„Nein, ich bin einfach nur so hier. Ich dachte, Xander würde vielleicht auftauchen."

„Ach, geht ihr miteinander?"

„Nein, wir sind bloß Freunde." Willow dachte einen Augenblick nach, dann fügte sie hinzu: „Wir sind mal miteinander gegangen, aber dann haben wir Schluß gemacht."

„Warum?"

„Er hat meine Barbie gestohlen." Als Buffy sie mit einem seltsamen Blick bedachte, erklärte Willow: „Da waren wir fünf."

„Oh."

„Ich hab . . . in letzter Zeit nicht so besonders viele Verabredungen gehabt."

„Warum denn nicht?"

„Also, wenn ich mit einem Jungen zusammen bin, den ich toll finde, dann fällt es mir schwer, irgendwas Cooles oder Geistreiches oder überhaupt was zu sagen. Ich kann eigentlich immer nur ein paar Laute von mir geben, und dann muß ich mich ganz schnell zurückziehen."

Buffy konnte nicht umhin zu lachen. „So schlimm ist das doch nicht."

„Aber ja doch. Ich glaube, die Jungs interessieren sich mehr für ein Mädchen, das viel redet."

„Du hast anscheinend wirklich lange keine Verabredung mehr gehabt", stellte Buffy fest.

„Für dich ist es bestimmt leichter."

„Ach ja." Buffy nickte ein wenig verzweifelt. „Ganz leicht."

„Ich meine, du scheinst nicht so furchtbar schüchtern zu sein."

„Also, ich denke ..." Buffy unterbrach sich. „Willst du überhaupt wissen, was ich denke?"

„Klar", sagte Willow eifrig.

„Das Leben ist kurz."

Willow sah sie mit ruhigem Blick an. „Das Leben ist kurz", wiederholte sie verständnislos.

„Ist nicht besonders originell, das muß ich zugeben", sagte Buffy mit einem Achselzucken. „Aber es stimmt. Warum soll man seine Zeit mit Schüchternheit verschwenden? Warum soll man sich darüber Gedanken machen, ob ein Typ einen auslacht? Pack die Gelegenheit beim Schopf. Denn morgen kannst du tot sein."

„Oh", Willow lächelte, „das ist aber nett."

Buffy ließ ihren Blick durch die Menge gleiten. Als sie ein bekanntes Gesicht auf der Galerie über ihnen entdeckte, runzelte sie die Stirn.

„Ähm, ich bin in einer Minute wieder da", versprach sie.

„Ist schon okay", versicherte Willow. „Du brauchst nicht zurückzukommen."

Buffy mußte über die scheue Art ihrer Freundin lächeln, daher wiederholte sie noch einmal in bestimmterem Ton: „Ich bin in einer Minute wieder da."

Sie war sich nicht sicher, ob Willow sie gehört hatte. Das Mädchen hatte den Kopf gesenkt und murmelte vor sich hin: „Pack die Gelegenheit beim Schopf . . ."

Buffy erkämpfte sich erneut einen Weg durch die Menge. Es dauerte nicht lange, bis sie die Treppe gefunden hatte. Sie zwängte sich durch die Leute auf die Galerie und schaffte es schließlich, einen Platz an dem Teil des Geländers zu ergattern, der sich unmittelbar über der Bühne befand. Dort stand sie nun und versuchte unbeteiligt zu wirken. Sie sah Giles nicht einmal an, der herangekommen war und nun ebenso lässig neben ihr stand.

„Sie gehen also gern auf Schülerpartys?" neckte ihn Buffy. „Hat das Publikum hier nicht ein bißchen das falsche Alter für Sie?"

„Ach was, das ist genau die richtige Abendunterhaltung für mich." Sein Ton war schneidend, und er wandte nicht für eine Sekunde den Blick von der Bühne. „Wilde Eingeborene hüpfen zu sehen ist wohl kaum das, was ich unter einer Party verstehe. Ich wäre lieber zu Hause mit einer Tasse Fleischbrühe und einem guten Buch."

Buffy verdrehte die Augen. „Sie brauchen etwas mehr Persönlichkeit, Herr Bibliothekar."

„Hier ist die perfekte Brutstätte für Vampire", mahnte Giles. „Dunkel, voller Menschen . . . Außerdem hatte ich gehofft, daß du hier auftauchen würdest. Ich muß dir klarmachen . . ."

„. . . daß die *Ernte* ansteht. Ich weiß. Ihr Freund hat es mir schon erzählt."

Diese Bemerkung schien Giles völlig aus der Fassung zu bringen. Er warf Buffy einen besorgten Blick zu. „Was hast du da gesagt?"

„Die ... *Ernte.*" Sie betonte das letzte Wort, buchstabierte es fast. „Sagt Ihnen das etwas? Weil ich nämlich völlig im dunkeln tappe."

„Ich weiß nicht genau. Wer hat dir denn das erzählt?"

„So ein Typ." Sie sah ihn immer noch deutlich vor sich; jede Einzelheit des Zusammenstoßes in der engen Gasse stand ihr klar vor Augen. „Er war dunkel und auf eine lästige Weise anziehend. Ich dachte, er wäre ein Freund von Ihnen."

„Nein", murmelte Giles stirnrunzelnd. „Die *Ernte*", wiederholte er nachdenklich. „Hat er sonst noch irgend etwas gesagt?"

„Etwas über das Tor zur Hölle. Er war echt penetrant."

Sie starrten nun beide auf die Tanzfläche, auf die vielen Teenager, die zu den lauten Rhythmen der Band tanzten und sich amüsierten.

„Schau sie dir nur an." Giles klang fast wütend. „Wie sie da rumzappeln und überhaupt nicht ahnen, welcher Gefahr sie ausgesetzt sind."

„Die Glücklichen."

„Aber vielleicht hast du ja recht", lenkte er ein. „Vielleicht besteht wirklich keine Gefahr. Die Zeichen könnten falsch sein. Es muß ja nicht unbedingt etwas bedeuten, wenn man Alpträume hat."

Bei der Erwähnung dieses Wortes wurde Buffys Miene plötzlich ernst. Sie blickte auf die fröhlichen Gesichter herab und sagte nichts mehr.

8

Cordelia stand am Rand der Tanzfläche. Sie hatte wie üblich ihre Anhänger um sich geschart und ihre verächtliche Miene aufgesetzt.

„Mom kommt jetzt gar nicht mehr aus dem Bett heraus", verkündete sie im Tonfall abgrundtiefer Langeweile. „Der Arzt meint, sie hat Pfeiffersches Drüsenfieber, und da sage ich zu ihm: ‚*Bitte*, es ist doch wohl eher chronische Hepatitis oder wenigstens ein Erschöpfungssyndrom.' Ich meine, wer heutzutage cool ist, kriegt doch kein Drüsenfieber mehr."

Sie blickte starr geradeaus, als sie Jesse erkannte, der sich ihrer Gruppe näherte. Er ignorierte die anderen und kam direkt auf sie zu.

„Cordelia!"

„Na toll", stieß Cordelia hervor. „Mein Verfolger."

„Hey, du siehst toll aus."

„Also, hat mich gefreut, mit dir zu reden", sagte sie und wollte ihm den Rücken zuwenden, aber Jesse gab nicht so leicht auf.

„Hör mal, ich, ähm, möchtest du tanzen?"

Cordelias Ton war vernichtend. „Mit dir?"

„Also, äh, ja."

„Also, äh, nein."

Mit ihrer treuen Gefolgschaft auf den Fersen, drehte sie sich nun endgültig um und verschwand in der Menschenmenge, während Jesse traurig stehenblieb und sich seinem Kummer hingab.

„Fein", sagte er schließlich, als er seinen Stolz wiedergefunden hatte. „Gibt ja noch andere Fische im Teich. O ja. Ich bin auf der Jagd. Seht mir nur beim Jagen zu."

Er blickte sich in dem überfüllten Saal um und schätzte seine Chancen ab.

Oben auf der Galerie stand Buffy und beobachtete Jesse, der nun ebenfalls in der Menge verschwand. Giles' Bemerkung über Alpträume war nicht wirkungslos geblieben. Sie spürte, wie ihr Widerstand nachließ.

„Ich hab ja nicht gesagt, daß ich nie mehr einen Vampir töten würde", versuchte sie das Problem vernünftig anzugehen. „Ich will nur nicht, daß mein gesamter Tagesablauf davon bestimmt wird. Aber wenn ich mal zufällig einem begegnen sollte . . ."

„Aber wirst du dann auch bereit sein?" fragte Giles ernst. „Weißt du genug über diese Kreaturen und über deine eigene Kraft? Ein Vampir erscheint wie ein normaler Mensch, bis ihn der Hunger packt. Dann erst zeigt er sein wahres Dämonenantlitz."

„Sie hören sich an wie ein schlaues Lehrbuch!" brach es aus Buffy heraus. „Das weiß ich doch alles selbst!"

Giles überhörte ihren Ausbruch. „Ein Jäger muß jederzeit und überall in der Lage sein, einen Vampir zu erkennen. Ohne hinzusehen und ohne nachzudenken. Kannst du mir sagen, ob sich hier in diesem Raum ein Vampir aufhält?"

Buffy zögerte. „Vielleicht?"

„Du solltest es aber wissen. Selbst in dieser Menschenhorde und bei dieser trüben Beleuchtung mußt du sie aufspüren können." Giles atmete tief ein und sprach ihr ermutigend zu: „Versuch es. Streck deine geistige Hand aus."

Buffy sah auf die schwankenden, tanzenden Leiber herab. Nachdenklich zog sie die Augenbrauen zusammen.

„Du mußt deine Sinne schärfen", belehrte sie Giles. „Konzentriere dich, bis die Energie dich überströmt, bis du jedes einzelne Teilchen . . ."

„Da ist einer", unterbrach ihn Buffy hastig.

Giles hielt inne. Völlig verblüfft spähte er über das Geländer. „Was? Wo denn?"

Buffy streckte den Finger aus. „Da hinten. Er spricht mit einem Mädchen."

In einer etwas abgelegenen Ecke stand ein gutaussehender junger Mann. Er redete mit einem Mädchen, doch von ihrem Platz aus konnten Buffy und Giles ihre Gesichter nicht erkennen.

Giles warf Buffy einen zweifelnden Blick zu. „Aber wieso . . .", begann er, wurde aber wieder von Buffy unterbrochen.

„Schauen Sie sich doch nur sein Jackett an. Er trägt die Ärmel hochgekrempelt. Und das Hemd . . . Machen Sie sich mal ein paar Gedanken über sein Styling."

Wieder schaute Giles verblüfft drein. „Ist es denn aus der Mode?"

„So sehr aus der Mode, daß nur noch 'ne Radiokarbonmessung helfen würde! Glauben Sie mir – nur ein Typ, der zehn Jahre unter der Erde gelebt hat, würde glauben, daß er mit dem Outfit noch etwas reißen könnte."

„Aber du hast deine Sinne nicht geschärft."

Buffy hörte ihn kaum. Sie lehnte sich weiter über das Geländer und murmelte: „O nein!“

Der Vampir unterhielt sich immer noch mit dem Mädchen. Doch nun machte er eine Geste, die es zum Mitkommen aufforderte. Das Mädchen trat einen Schritt aus dem Schatten heraus, und Buffy beschlich ein Gefühl der Angst, als sie es erkannte.

„Ist das nicht . . .“ fragte Giles.

„Willow.“

„Was macht sie denn da?“

„Sie packt die Gelegenheit beim Schopf!“ rief ihm Buffy zu und war schon auf dem Weg zur Treppe.

Einen kurzen Augenblick lang sah sie die beiden noch – den Vampir und Willow –, als sie auf den Ausgang hinter der Bühne zugingen. Sie zwängte sich durch die Menge auf der Treppe und der Tanzfläche, aber als sie wieder nach den beiden Ausschau hielt, war Willow verschwunden. Besorgt suchte Buffy den ganzen Raum ab, dann eilte sie zum Bühneneingang. Sie kam sich vor, als liefe sie in Zeitlupe – je näher sie der Bühne kam, um so dichter wurde die Menge. Der Verzweiflung nahe, schaffte sie es endlich, sich durchzukämpfen und die Tür aufzustoßen.

Die plötzliche Dunkelheit nahm ihr vor Schreck den Atem, doch es dauerte nur einen Augenblick. Es war kälter, als sie gedacht hatte, und die Geräusche klangen jetzt seltsam gedämpft. Kein Mensch war in der Nähe. Buffy schlich langsam und vorsichtig an den mit Plakaten beklebten, gemauerten Wänden entlang. Sie war kampfbereit. In einer Ecke lag ein alter, morscher Stuhl, und instinktiv brach Buffy ein

Bein ab und hielt es vor sich wie einen provisorischen Pfahl. Nach dem Krach und der Enge im Club kam es ihr so vor, als sei sie hier in einer anderen Welt. Die dunkle Gasse, in der sich der Bühneneingang des *Bronze* befand, mündete in eine etwas größere Straße. Eine einsame Laterne beleuchtete den Eingang. Mit einem immer stärker werdenden Gefühl drohender Gefahr rannte Buffy auf die Straße zu und bog um die Ecke.

Sie hatte nicht mit ihm gerechnet. Blitzschnell packte Buffy die schattenhafte Gestalt, drückte sie gegen die Wand und hielt sie fest.

Wütend starrte sie in das Gesicht des Vampirs ...

Und merkte zu spät, daß es gar kein Vampir war.

Zwischen ihren Händen baumelte Cordelia einige Zentimeter über dem Erdboden und starrte sie mit dem gleichen verblüfften Gesichtsausdruck an wie ihre Freunde, die in diesem Augenblick das *Bronze* durch den Hauptausgang verließen.

„Cordelia!" stieß Buffy hervor.

„Entschuldige bitte mal ... könntest du deine Hände noch ein bißchen fester um meinen Hals drücken? Ich krieg ja noch etwas Luft!"

Verlegen ließ Buffy das Mädchen los und verbarg die Hand, die den Pfahl hielt, hinter ihrem Rücken.

„Was hast du denn für ein Kindheitstrauma?" höhnte Cordelia, während sie ihre Garderobe ordnete.

Buffy versuchte sich wieder zu fassen. Sie heuchelte eine freundliche Miene und fragte, als sei nichts geschehen: „Habt ihr vielleicht Willow gesehen? Ist sie hier vorbeigekommen?"

„Warum?" gab Cordelia zurück. „Wolltest du sie etwa mit diesem Stock da angreifen?"

Buffy, deren Gesicht rot angelaufen war und deren Nerven zum Zerreißen gespannt waren, trat schleunigst den Rückzug an, während Cordelia und ihre Anhänger ungläubig hinter ihr her starrten.

„Entschuldigt mich!" grollte Cordelia und zog ihr Handy aus der Tasche. „Ich muß jetzt erst mal allen, die ich kenne, von diesem unglaublichen Ereignis berichten."

Buffy eilte zurück und begab sich wieder in den Club. Sie sah Giles, der am Fuß der Treppe auf sie wartete, und lief zu ihm hinüber.

„Das ging ja schnell." Giles sah erleichtert aus. „Gut gemacht. Ich werde jetzt am besten in die Bibliothek gehen. Diese *Ernte* bedeutet . . ."

„Ich hab sie nicht gefunden", sagte Buffy mit einem verzweifelten Blick durch den ganzen Raum.

Giles starrte sie an, als habe er nicht verstanden. „Der Vampir ist nicht tot?"

„Nein, aber meine sozialen Kontakte sind es bald."

„Was sollen wir jetzt tun?"

„Sie gehen in die Bibliothek. Ich kümmere mich darum."

„Ich sollte mit dir kommen, nicht wahr?" bot Giles an, aber Buffy schüttelte nur den Kopf und machte sich wieder auf den Weg durch die Menge.

„Keine Angst", rief sie über die Schulter zurück. „Mit einem einzigen werde ich schon fertig."

Sie sah Jesse kaum, als sie sich an ihm vorbei drängte. Sie hatte andere, wichtigere Dinge im Kopf, und Jesse war zu sehr in seine Unterhaltung mit einem Mädchen vertieft, als daß er Buffy bemerkt hätte.

„Wie heißt du noch mal?“ fragte Jesse wieder und hoffte, daß er diesmal Glück haben würde.

Sie kam ihm nicht bekannt vor. Aus den Kursen ganz bestimmt nicht ... und vom Campus auch nicht. Natürlich konnte er nicht wissen, daß sie in der vergangenen Nacht in der Begleitung eines jungen Mannes in die Schule eingebrochen war. Mit dem jungen Mann, den man an diesem Nachmittag tot in einem Spind gefunden hatte.

„Darla“, antwortete sie nun und lächelte Jesse an. Sie hatte wirklich ein hübsches Gesicht. Jesse lächelte zurück.

„Darla. Ich hab dich noch nie hier gesehen. Bist du aus der Gegend?“

„Nein, aber Verwandte wohnen hier.“

„Kenne ich die?“

Darlas Lächeln wurde breiter. Sie hatte ebenmäßige weiße Zähne. „Du wirst sie noch kennenlernen“, versprach sie.

9

In der Abgeschiedenheit der kalten Mauern ihres Heiligtums setzten die Jünger das Ritual fort.

Es war ein altes Ritual – uralt wie das Böse selbst, und langsam vereinten sich die leidenschaftlichen Stimmen zu einem Chor. Bald schon würde die Zeremonie ihren Höhepunkt erreichen. Und wo einst die von Herzen kommenden Gelübde der Tugendhaften ertönt waren, hallten nun die falschen Gebete der Verdammten von den Mauern wider.

Luke, der unmittelbar vor dem Altar stand, sah plötzlich auf. Er starrte für einen Moment mit ekstatisch aufgerissenen Augen in die Höhe, dann trat er einen Schritt zurück. Und als hätte er damit ein Zeichen gegeben, wichen die anderen ebenfalls zurück, während ihre Stimmen vor Erwartung zitterten.

Immer noch betete Luke am Teich. Urplötzlich stieß ein Kopf aus der blutigen Tiefe. Luke fuhr zusammen, starrte voller Ehrfurcht auf das Haupt und entfernte sich um einen weiteren Meter von dem Altar.

Der Kopf wuchs aus dem Teich heraus. Ihm folgte die große elegante Gestalt eines Königs, der lange geruht hatte – ein mächtiger Körper, der im dunklen Blut glänzte.

Der Meister war der mächtigste aller Vampire. Vor ungefähr sechshundert Jahren war er als Heinrich Joseph Nest geboren worden. Er kleidete sich vollständig in Schwarz und bot einen gleichermaßen furchtbaren wie ehrfurchterregenden Anblick. Sein Gesicht hatte kaum mehr Menschliches an sich – er war zu gleichen Teilen Dämon und Mensch. Seine königliche Haltung drückte Unbesiegbarkeit aus, sie forderte Anbetung, Unterwerfung und unsterbliche Ergebenheit. Und als er nun vortrat und eine Hand ausstreckte, ergriff Luke sie mit demütigem Eifer.

„Meister“, murmelte er.

Das Gesicht des Königs war immer noch halb in der Dunkelheit verborgen. Luke wich respektvoll ein paar Schritte zurück, und der Meister blickte einen Moment schweigend in die Runde seiner Jünger.

„Luke.“

„Meister!“

„Ich bin schwach.“

„Wenn die *Ernte* kommt, werdet Ihr Eure Kraft wiedererlangen“, versprach Luke.

„Die *Ernte* . . .“

„Wir sind bald soweit. Dann werdet Ihr frei sein.“

Der Meister schritt an Luke vorbei. Noch einmal streckte er die Hand aus. Die Luft vor ihm schien sich zu verdichten und bildete eine Art Mauer, die ihn einschloß. Abrupt zog er die Hand zurück.

„Ich muß bereit sein“, sagte der Meister. „Ich brauche meine Kraft.“

„Ich habe Eure Diener ausgesandt, Euch Nahrung zu bringen“, versicherte ihm Luke.

„Gut.“

Doch als Luke sich zurückziehen wollte, ertönte die donnernde Stimme erneut: „Luke?“

Gehorsam blieb er stehen. „Ja?“

„Bring mir etwas . . . Junges.“

10

Willow hatte nun doch Bedenken.

Während sie mit dem jungen Mann durch die Dunkelheit spazierte, wurde sie immer nervöser. Er hatte seit dem Verlassen des Clubs kaum ein Dutzend Worte gesprochen, und mittlerweile fand sie ihn auch etwas seltsam, was ihr in dem Lärm und unter den Lichtern der Diskothek gar nicht aufgefallen war.

Außerdem waren da auch Leute, dachte sie insgeheim.

„Ist echt ganz schön dunkel." Es war der schüchterne Versuch einer Unterhaltung, aber das machte sie auch nicht mutiger.

„Es ist Nacht", antwortete der junge Mann.

„Das ist die dunkle Zeit." Willow nickte. „Die Nacht. War schon immer so."

Sie spazierten weiter. Wieder machte sie den Versuch, ein Gespräch zu beginnen.

„Ich kann immer noch nicht glauben, daß ich dich noch nie in der Schule gesehen habe. Hast du bei Mr. Chomsky Geschichte?"

Der Junge gab keine Antwort. Er blieb nur plötzlich stehen. Willow sah sich nervös um.

„Wenn wir zur Eisdiele wollen, müssen wir da runter", sagte sie zu ihm. „Über die Hamilton Street."

Er streckte seine Hand aus, ergriff ihre und hielt sie fest umklammert.

„Ich weiß eine Abkürzung", sagte er. Und dann führte er sie zum Friedhof ...

Buffy konnte Willow nirgendwo finden. Mit wachsender Sorge hastete sie vom Hintereingang des Clubs zur Straße, als Xander ihr entgegenkam. Sein Skateboard trug er unter dem Arm.

„Gehst du schon?" fragte er, aber Buffy war nicht in der Stimmung zu flirten.

„Xander, hast du Willow gesehen?"

„Heute abend nicht."

„Ich muß sie unbedingt finden. Sie ist mit einem Typen weg."

„Wir reden doch über Willow, ja?" Xander klang beeindruckt. „Hat sie etwa im *Bronze* jemanden aufgerissen? Das muß man sich mal reinziehn."

Buffy achtete nicht auf seine Witze. „Wohin können sie nur gegangen sein?"

„Ach nein, weißt du etwa was über ihren neuen Lover, das sie nicht weiß?" Xander tat so, als sei ihm eine plötzliche Erleuchtung gekommen, und rieb sich die Hände. „Oh! Hey. Ich hoffe doch sehr, daß er kein Vampir ist. Denn dann müßtest du ihn ja töten!"

Nun hatte er ihre volle Aufmerksamkeit. Sie drehte sich um und starrte ihn überrascht an.

„Ist es ans Schwarze Brett angeschlagen worden? War es in den Nachrichten? Gibt es überhaupt irgendeinen Menschen in dieser Stadt, der nicht weiß, daß ich die Jägerin bin?"

„Ich weiß nur, daß du glaubst, es zu sein. Und das weiß ich auch nur, weil ich heute zufällig in der Bibliothek war."

„Wie auch immer." Buffy war sich schmerzlich bewußt, wie schnell die Zeit verstrich. „Sag mir einfach, wohin Willow gehen würde."

„Du meinst es ja ernst."

„Wenn wir sie nicht finden, gibt's morgen wieder 'ne frische Leiche."

Xander zögerte und studierte ihre ernste Miene. Allmählich dämmerte ihm wohl, daß sie keine Scherze machte, daß es ihr todernst war.

„Komm mit", sagte er.

Willows Gemütszustand als nervös zu bezeichnen wäre mittlerweile eine glatte Untertreibung gewesen. Als sie mit dem jungen Mann durch den Wald ging, spürte sie, wie Panik sich ihrer bemächtigte. Hilflos rasten ihre Gedanken, als sie versuchte zu begreifen, wie sie in solch eine gefährliche Lage geraten konnte – und wie um Himmels willen sie da wieder herauskommen sollte.

„Okay", meinte sie schließlich. „Ist ja echt hübsch hier, aber 'n bißchen gruselig. Bist du sicher, daß das eine Abkürzung ist?"

Doch der Junge schwieg immer noch. Willow war sich nicht sicher, aber ihr Instinkt warnte sie, daß dies vermutlich nicht der kürzeste Weg zur Eisdiele war. Und als ihr Begleiter plötzlich stehenblieb, sah sie, daß sie sich vor einem kleinen Mausoleum befanden.

Verwirrt starrte Willow auf den verfallenen Eingang. Vor ihr gähnte ein düsteres schwarzes Loch. Sie verspürte einen unbändigen Drang, sich einfach umzudrehen und davonzulaufen. Aber ihre Hand wurde immer noch von der des jungen Mannes fest umklammert.

„Hey", sagte der junge Mann schließlich. „Bist du jemals in so einem Ding drin gewesen?"

Willow versuchte, sich das Zittern in ihrer Stimme nicht anmerken zu lassen: „Nein, und ich dank auch schön."

Doch nun näherte er sich ihr und strich ihr das Haar vom Hals. Er umarmte sie und drückte sie an sich, viel enger, als sie das wollte.

„Nun komm schon", lockte er sie mit zärtlicher Stimme. „Wovor hast du denn Angst?"

Und dann schob er sie durch den Eingang.

Starr vor Schreck stolperte Willow hinein. Sie konnte nichts sehen und blinzelte wild, als sie versuchte, ihre Augen an die Dunkelheit zu gewöhnen. Nach ein paar qualvollen Sekunden konnte sie einen kleinen Raum mit gemauerten Wänden erkennen. Ein riesiger Sarkophag, auf dem die steinerne Figur eines Mannes lag, nahm fast den gesamten Platz ein. Hinter ihr war die Tür, durch die sie hereingekommen waren; vor sich sah sie eine wesentlich kleinere Eisentür, die fest verriegelt zu sein schien.

Willow fuhr herum. Nun konnte sie ihren Begleiter erkennen, dessen Silhouette den Eingang zum Mausoleum ausfüllte und ihr den Fluchtweg versperrte. Sie spürte ihren Herzschlag in den Ohren pochen.

„Das war nicht besonders witzig." Sie versuchte ruhig und beherrscht zu klingen, aber ihre Stimme verriet, daß sie kurz davor war, in Tränen auszubrechen.

Der Junge antwortete nicht. Statt dessen trat er näher. Sein Gesicht lag im Schatten. Willow wich im Halbkreis vor ihm zurück und versuchte näher zur Tür zu gelangen.

„Ich glaube, ich gehe jetzt", sagte sie zu ihm.

„Glaubst du das wirklich?"

Seine Stimme klang nicht mehr zärtlich. Willow hörte die Drohung heraus und machte instinktiv einen Schritt zurück, dann noch einen. Und dann wirbelte sie herum und schrie auf, als sie geradewegs in Darlas Arme lief.

Darla schien die Situation zu genießen. Sie blickte zuerst Willow an, dann ihren Begleiter.

„War das das Beste, was du kriegen konntest?" fragte sie ihn.

„Sie ist ganz frisch." Die Stimme des Jungen klang, als müßte er sich verteidigen.

„Reicht wohl kaum für zwei!" bemängelte Darla und schritt lässig die Stufen hinunter in den Raum.

„Warum hast du dir nicht selbst jemanden mitgebracht?"

„Hab ich doch."

Sie deutete mit einer Kopfbewegung hinter sich auf den Eingang, durch den in diesem Moment ein äußerst benommener Jesse schwankte.

„Hey, warte doch mal!" rief er Darla nach.

„Jesse!" Erleichtert eilte Willow auf ihn zu. Er hielt sich den Hals und sah aus, als habe er Fieber. Tatsächlich schien er Willow nicht einmal zu bemerken.

„Ich glaub, du hast mir einen Knutschfleck verpaßt." Wieder sprach er zu Darla, die ihn geflissentlich übersah.

Willow beobachtete, wie Jesse die Hand vom Hals nahm. Blut war auf seinen Fingern, Blut an seiner Kehle. Sie starrte ihn einen Augenblick lang fassungslos an. Dann wandte sie ihren Kopf den anderen beiden Gestalten zu. Ihre Augen wurden groß.

„Hab auf dem Weg Hunger gekriegt", meinte Darla achselzuckend.

Willow nahm Jesses Arm und versuchte verzweifelt, ihn mit sich zu ziehen. „Jesse, laß uns von hier verschwinden!"

„Ihr werdet nirgendwohin gehen", teilte Darla ihr mit.

„Laß uns in Ruhe." Willow wollte ihre Stimme drohend klingen lassen, doch Darla kam so schnell auf sie zu, daß sie nicht einmal Zeit hatte zurückzuweichen.

„Ihr beide geht nirgendwohin", wiederholte Darla eindringlich, „zuerst müssen wir *essen*!"

Als sie das letzte Wort ausspie, stieß sie ihr Gesicht in Willows Richtung. Und vor den entsetzten Augen des Mädchens verformten sich Darlas Züge zu einem abscheulichen Dämonenantlitz mit verwesender Haut und messerscharfen blitzenden Zähnen. Der Dämon grinste und starrte sie ausgehungert an.

Willow schrie. Sie stolperte rückwärts und fiel. Wie durch Nebelschleier sah sie den Jungen, der nun lachte und sie langsam umkreiste. Sein Gesicht war das eines Raubtieres, seine Züge so scheußlich und grausam wie die des Mädchens.

Willow wußte, daß sie sterben würde. Sie sah sich von den Kreaturen in die Enge getrieben, dolchartige Fingernägel griffen nach ihr, sabbernde Mäuler kamen immer näher, hungrig glänzende Augen starrten auf sie hinab. Und als plötzlich hinter ihnen eine Stimme ertönte, glaubte sie ihren Ohren nicht zu trauen.

„Na, das ist ja 'ne nette Versammlung hier", sagte die Stimme.

Buffy betrat mit Xander im Schlepptau die Gruft.

Alle blieben wie erstarrt stehen.

„Vielleicht ein kleines bißchen ungemütlich", bemerkte Buffy und fuhr mit einer Hand über den staubigen Sarkophag, „aber mit 'nem Spritzer Farbe und ein paar alten Sofakissen könnte man es richtig gemütlich herrichten."

„Wer zum Teufel bist du?" knurrte Darla.

„Wow, willst du damit sagen, es gibt wirklich noch jemanden in der Stadt, der das nicht weiß?" gab Buffy zurück. „Das ist ja eine große Erleichterung. Denn ich sag dir – es ist ein richtiges Stück Arbeit, in dieser Stadt seine wahre Identität geheimzuhalten."

Während Buffy die Aufmerksamkeit auf sich lenkte, schlich Xander zwischen die beiden Vampire. Von dieser unerwarteten Wendung der Dinge überrumpelt, lösten die Kreaturen langsam ihre festen Griffe, mit denen sie Willow und Jesse umklammert hielten.

„Buffy, wir müssen jetzt abhauen, ja?" soufflierte Xander, aber Willows Begleiter hatte sich inzwischen ein wenig von seiner Überraschung erholt.

„Noch nicht!" fauchte er.

„Okay, dann laßt uns erst mal über euer Outfit reden", warf Buffy ihren Köder aus. „Ihr müßt auch in der Gegenwart leben, okay? Du siehst aus, als kämest du vom letzten Kuhdorf." Dann wandte sie sich an Darla und fügte in aller Ruhe hinzu: „Tja, wir können es auf die harte Tour abziehen oder ... also, ehrlich gesagt, es gibt nur die harte Tour."

Darla wich nicht vom Fleck. „Für mich okay."

„Bist du sicher?" beharrte Buffy. „Das wird nicht besonders nett. Wir reden hier von Gewalt, und es ist absolut nicht jugendfrei."

Während sie noch sprach, griff Willows Begleiter mit blitzartiger Geschwindigkeit von hinten an. Mit einer einzigen schwungvollen Bewegung riß Buffy einen Pfahl unter ihrer Jacke hervor und stieß ihn nach hinten. Es gab einen gedämpften Laut platzender Haut, als der Vampir sich selbst aufspießte. Er blieb mit vor Überraschung geweiteten Augen stehen, dann stürzte er zu Boden wie ein gefällter Baum.

Buffy sah nicht einmal hin, als er zu Staub zerfiel.

„Da siehst du mal wieder, was einem alles passieren kann, wenn man 'ne Schlägerei anfängt", sagte Buffy zu Darla.

Xander und Willow hatte es die Sprache verschlagen. Sie konnten nur noch auf den kalten, leeren Boden starren, wo vor wenigen Sekunden noch ein lebloser Körper gelegen hatte. Darla hingegen hatte wachsam die Augen aufgerissen, war aber keineswegs eingeschüchtert. Langsam schlich sie um Buffy herum und bereitete sich auf den Kampf vor.

„Er war noch sehr jung", sagte sie verächtlich. „Und töricht."

„Xander, geh jetzt!" befahl Buffy.

„Geh nicht zu weit!" Darlas Stimme klang ironisch.

Ohne Vorwarnung warf sie sich auf Buffy. Buffy stellte sich ihr entgegen und parierte Darlas Schläge mit der Präzision eines erfahrenen Kämpfers, während Xander Willow und Jesse hinausführte.

Sie rannten so schnell sie konnten durch den Wald. Willow und Xander mußten Jesse halb tragen, halb mit sich schleifen. Keiner sprach ein Wort. Zu sehr waren sie damit beschäftigt, die Realität dessen, was sie dort im Mausoleum erlebt hatten, zu begreifen.

Buffy ... die Jägerin ...

Als Buffy wieder einen wirksamen Schlag anbringen konnte, ging Darla unter Schmerzen zu Boden. Buffy war nicht mehr nach Scherzen zumute. Sie schwitzte und war außer Atem, und aus ihren Zügen war jegliche Belustigung verschwunden.

„Weißt du, ich wollte noch einmal ganz von vorn anfangen!" schnauzte sie mürrisch, den einen Fuß auf Darlas Brust gestellt. „So sein wie alle anderen. Freunde haben, vielleicht einen Hund ... Aber nein. Da mußtet ihr herkommen. Ihr konntet euch ja nicht in 'ner anderen Stadt verpflegen."

„Wer bist du nur?" Darla funkelte sie wütend an.

„Weißt du's denn nicht?"

Doch bevor Buffy fortfahren konnte, spürte sie den Druck eines Händepaars um ihren Hals. Irgend jemand hob sie mühelos hoch, und sie baumelte einige Zentimeter über dem Boden des Mausoleums.

„Mir ist es gleich", sagte Luke bedächtig.

Buffy hatte nicht einmal gespürt, daß er hinter ihr war.

Als Luke aus der Dunkelheit ins Licht trat, schien seine gewaltige Körpermasse sie zu einem kleinen unbedeutenden Nichts schrumpfen zu lassen, und Buffy erkannte, daß ihre Chancen nun gravierend gesunken waren. Luke schleuderte sie von sich. Sie flog über vier Meter weit und landete unsanft, während sie mit dem Gesicht gegen die Mauer schlug.

Luke wandte sich zu Darla um, die sich bemühte, wieder auf die Beine zu kommen.

„Du solltest ein Opfer für den Meister bringen", schalt er sie. „Wir können bald die *Ernte* einbringen, und da vertrödelst du deine Zeit mit dieser Kleinen?"

„Wir hatten ja ein Opfer." Darla, die etwas verängstigt wirkte, versuchte sich zu verteidigen. „Aber dann kam sie und . . . und . . . tötete Thomas. Luke, sie ist wirklich stark."

Luke bedachte sie mit einem verächtlichen Blick. „Geh jetzt. Ich werde mich um dieses kleine Mädchen kümmern."

Buffy hatte sich noch nicht wieder erhoben, als Luke schon zum Angriff überging. Er machte sich keine Sorgen, daß er sie überwältigen würde, doch dieses Mal war sie bereit: Sie schlug seine Arme beiseite und trat ihm mit aller Kraft ins Gesicht. Er taumelte ein Stück zurück, fing sich jedoch sofort wieder und traf sie mit einem harten Schlag am Kinn.

„Du bist tatsächlich stark", murmelte Luke. Er schlug sie wieder zu Boden und stieß ein kehliges Lachen aus. „Aber ich bin stärker."

Doch Buffy hatte nicht vor aufzugeben. Sie sammelte ihre Kräfte, befreite sich endlich aus seinem Griff und sprang auf. Langsam umkreiste sie den Sarkophag, immer darum bemüht, einen sicheren Abstand zu halten.

„Du verschwendest meine Zeit", sagte er ruhig.

„Ich hatte auch andere Pläne, okay?"

Luke rüttelte am Deckel des Sarkophags. Als die schwere Steinplatte auf sie zuflog, wich Buffy ihr mit einer geschickten Bewegung aus. Sie vollführte einen Salto und trat Luke mit beiden Füßen vor die Brust. Der Aufprall warf beide zu Boden, aber Buffy kam als erste wieder hoch. Sie zog ihren Pfahl hervor und zielte damit auf die Brust des Vampirs. Doch Luke schoß blitzschnell vor und packte den Pfahl in dem Moment, als er ihn berührte.

„Glaubst du ernsthaft, du könntest mich aufhalten?" Sein Gesicht war vor Wut verzerrt.

Er preßte seine Faust zusammen, und der Pfahl zerbrach wie ein Streichholz. Luke versetzte Buffy einen heftigen Stoß, der sie nach hinten warf.

„Du weißt ja nicht, mit wem du's zu tun hast!" fauchte er.

Als Sieger stand er nun über ihr. Er senkte die Stimme und begann mit der unheiligen Beschwörung.

„Wie eine Beulenpest bedeckte die Menschheit die Erde. Aber am dritten Tag des neuen Lichtes wird die *Ernte* kommen . . ."

Buffy schwebte am Rand der Bewußtlosigkeit. In ihrem Kopf lief ein Film in Zeitlupe ab – abgerissene Gedankenfetzen blitzten durch das Chaos.

Sie sah Giles, wie er in der Bibliothek stand und mit wachsender Bestürzung in alten Büchern blätterte. Nun starrte er auf eine ganz besondere Seite: einen alten Stich, der ein grausames und teuflisches Massaker zeigte . . .

„. . . und das Blut der Menschen wird fließen wie roter Wein . . ." fuhr Luke fort.

Die Menschen auf dem alten Stich wanden sich in ihrem Blut, und in ihrer Mitte stand eine Gestalt mit einem dreizackigen Stern auf der Stirn, der sich an dem Lebenssaft einer Frau gütlich tat . . .

„. . . und der Meister wird wieder unter ihnen wandeln . . ."

Während Lukes Stimme eintönig dahinfloß, wandelte sich plötzlich das Bild. Buffy erkannte die verfallenen Ruinen einer alten Kirche, und sie spürte eine ungeheure Gefahr, die von einer in Dunkelheit gehüllten Gestalt ausging.

„. . . die Erde wird wieder den *Alten Mächten* gehören . . ."

„Wir holen die Polizei!" keuchte Willow, während sie mit Xander und Jesse durch den Wald raste. „Es ist nur noch ein paar Blocks weit." Doch dann brach sie abrupt ab.

Alle drei blieben wie angewurzelt stehen und starrten in abgrundtiefer Verzweiflung auf das Hindernis.

Drei Vampire warteten auf sie. Und als sie zurückwichen, prallten sie gegen Darla, die hinter ihnen stand und teuflisch grinste.

Buffy zwang sich, die Augen zu öffnen. Zitternd kam sie auf die Beine. Keinen Augenblick ließ sie Luke aus den Augen.

„. . . und die Hölle selbst wird Einzug halten in der Stadt", beendete Luke die Beschwörung.

Buffy versuchte, sich zur Seite zu bewegen, ihm zu entkommen – aber er versetzte ihr einen gewaltigen Schlag mit der Handkante, der sie hilflos zurücktaumeln und in dem Sarkophag landen ließ. Sie fiel so hart auf den Rücken, daß die Luft aus ihren Lungen entwich. Langsam drehte sie den Kopf zur Seite und sah die verdorrte, verwesende Leiche des Sargbewohners.

Sie wußte, daß sie schwer verletzt war. Sie konnte Luke nicht mehr sehen. So sehr sie ihre Augen auch anstrengte, in der Dunkelheit etwas zu erkennen – sie sah nichts außer den feuchten, schimmeligen Wänden des Sarkophags.

Er kann überall sein, wurde ihr plötzlich bewußt.

Langsam und unter Schmerzen hob sie den Kopf. Nun hatte sie wirklich Angst – mehr Angst als jemals zuvor in ihrem Leben. Vorsichtig spähte sie über eine Wand des Sarkophags.

Nichts.

Da war überhaupt nichts.

Mit wild klopfendem Herzen wandte sich Buffy der anderen Seite zu.

Und mit einem triumphierenden Gebrüll sprang Luke aus dem Nichts hervor, nahm ihr die Sicht und warf sich auf sie.

Außer sich vor Verzweiflung, versuchte sie ihn abzuwehren, aber er drückte sie mit Leichtigkeit nieder. Und dann starrte er sie an, betrachtete sie mit dem gierigen Hunger eines wilden Tieres.

Von seinen Zähnen tropfte ein dicker Speichelfaden. Sie spürte, wie er über ihre Wange glitt.

„Amen“, flüsterte Luke.

Dann stießen seine Zähne auf sie herab.

11

Wie durch einen Nebel sah Buffy Lukes gräßliches Gesicht – Lippen, wie die Lefzen eines Wolfs vom Zahnfleisch zurückgezogen, das gierig aufgesperrte Gebiß, das sich näher und näher auf ihren Hals herabsenkte. Sie kämpfte mit all ihrer Kraft, doch es war vergebens.

Mit einem blitzschnellen Schnitt seiner Fingernägel riß Luke ihr Hemd auf, gerade so weit, daß ihr Hals frei lag. Buffy schnappte nach Luft, wappnete sich gegen den brennenden Schmerz des Bisses – doch statt dessen stieß Luke einen schrillen Schrei aus und ließ von ihr ab.

Buffy starrte verblüfft zu ihm auf. Ihr Kopf dröhnte. Von seiner Hand stieg Rauch auf. Er starrte mit vor Schrecken geweiteten Augen auf seine Handfläche.

Als Buffy auf ihre eigene Brust blickte, sah sie dort das silberne Kreuz liegen – das Kreuz, das ihr der Fremde auf der Straße vor wenigen Stunden gegeben hatte. Irgendwie war es aus der Innentasche des Hemdes gerutscht und während des Kampfes mit Lukes Hand in Berührung gekommen.

Buffy verlor keine Zeit. Mit neugewonnener Kraft trat sie mit beiden Beinen nach Luke und schleuderte ihn aus dem Sarkophag. Und bevor er sich wieder aufrappeln konnte, hatte sie die Tür schon erreicht.

Doch der Kampf hatte sie mehr mitgenommen, als sie wahrhaben wollte. Sie stolperte durch den Wald, kämpfte gegen den Schwindel, der ihre Beine zu Gummi werden ließ. Jeder Atemzug schmerzte. So schnell sie konnte, rannte sie über den Friedhof. Als sie den Waldrand erreichte, hielt sie an und blickte zum Mausoleum zurück.

Nichts.

Niemand schien ihr zu folgen, nicht einmal die Schatten der Bäume bewegten sich.

Und dann hörte sie Willow schreien: „Nein! *Neeein*! Laß mich los!"

Mit neuer Energie rannte Buffy in die Richtung, aus der die Stimme gekommen war. Schon von weitem sah sie Willow auf dem Boden liegen und mit einem Vampir ringen. Gnadenlos hielt die Kreatur Willow umklammert. Er wollte sich eben über ihren Hals beugen, als er von Buffy überrascht wurde und aufblickte.

Auf diese Gelegenheit hatte Buffy gewartet. Mit einem raschen Tritt mitten ins Gesicht schickte sie ihn zu Boden, wo er ausgestreckt liegenblieb. Er stöhnte, rappelte sich aber wieder hoch, hielt sich die schmerzende Nase und wandte sich zur Flucht.

Buffy stand einen Augenblick still und schöpfte Atem. All ihre Sinne waren nun angespannt, und mit wütenden Blicken suchte sie die Umgebung ab. Ein Knacken, gefolgt von unmißverständlichen Kampfgeräuschen, erregte ihre Aufmerksamkeit. Sie ließ Willow allein auf dem Boden sitzen, zitternd und mit geweiteten Augen. Das Mädchen saß noch eine Weile da und versuchte, wieder zu sich zu kommen, doch dann stand es schließlich auf und folgte Buffy.

Buffy mußte nicht lange suchen. Bald hatte sie

Xander entdeckt, der bewußtlos in den Armen zweier Vampire lag. Als sie die unwillkommene Präsenz eines Dritten spürten, drehten sich die beiden Kreaturen um.

Doch es war nicht Buffy, die plötzlich zwischen den Bäumen erschien – es war Willow. Und als Willow erkannte, daß sich Xander in tödlicher Gefahr befand, schien sie sich vor den erstaunten Blicken der beiden Kreaturen zu verwandeln. Ihre Augen nahmen einen wilden, drohenden Ausdruck an.

Die Vampire wandten sich in die andere Richtung – und erblickten Buffy, die sich ihnen in den Weg stellte, um sie an der Flucht zu hindern.

Mit geballter Kraft sprang die Jägerin in die Höhe, zog die Knie an und trat jeden ihrer Kontrahenten mit ungeheurem Schwung gegen die Brust. Den Vampiren blieb die Luft weg, und sie stürzten zu Boden. Verzweifelt versuchten sie, wieder auf die Beine zu kommen, um zu fliehen.

Doch sie waren nicht schnell genug.

Buffy packte den Ast eines Baumes, brach ihn ab und hielt ihn wie einen Pfahl vor sich. Mit einem sauberen Stoß spießte sie den einen Vampir auf, während der andere um sein Leben rannte.

Willow lief zu Xander, kniete neben ihm und wiegte seinen Kopf in den Armen. Erleichtert beobachtete sie, wie er das Bewußtsein wiedererlangte. Nachdem er ein paarmal geblinzelt hatte, sah er mit gerunzelter Stirn zu ihr auf und bemühte sich um seine übliche Nonchalance.

„Xander, ist alles in Ordnung?“ fragte Willow leise.

„Mann ..." Xander schien nicht genau zu wissen, wo er sich befand. „Da hat mich was getroffen ..."

Buffy suchte mit sorgenvoller Miene die Umgebung ab. „Wo ist Jesse?"

Erst jetzt fiel Willow auf, daß er nicht da war. „Ich weiß es nicht", sagte sie kopfschüttelnd. „Sie hatten uns umzingelt und ..."

„Das Mädchen hat ihn geschnappt", murmelte Xander. „Hat ihn mitgenommen."

„In welche Richtung?" wollte Buffy wissen, aber Xander sah sie nur verständnislos an. „Ich weiß es nicht."

Buffy starrte in die Dunkelheit. Sie schärfte all ihre Sinne, streckte ihre Fühler aus, bemühte sich, die Nacht zu durchdringen – aber da war nichts.

Gar nichts.

Buffy fühlte, wie ihr das Herz schwer wurde.

„Jesse", flüsterte sie.

12

Am nächsten Morgen sah die Lage auch nicht rosiger aus. Selbst in der friedlichen Schulbibliothek hatte sich die Atmosphäre des unentrinnbaren Schicksals verdichtet. Keiner von ihnen hatte geschlafen, und Jesse wurde immer noch vermißt.

Buffy konnte sich nicht entsinnen, jemals so viel Schmerzen gehabt zu haben. Ihr ganzer Körper tat weh, und ihr Kopf fühlte sich dumpf an. Sie mußte die Verletzungen vor ihrer Mutter verbergen und stellte deshalb Giles' ganzes Büro auf der Suche nach provisorischem Verbandszeug auf den Kopf. Giles stand am Geländer der Galerie und bemühte sich darum, Xander und Willow verständlich zu machen, worum es ging.

„Diese Welt ist älter, als irgendeiner von euch ahnt", sagte er in feierlichem Ton und drehte an einem Globus, um seinen Worten noch mehr Gewicht zu verleihen. „Entgegen der volkstümlichen Mythologie war ihr Ursprung keinesfalls das Paradies. Ungezählte Äonen lang war die Erde ein Hort der Dämonen. Sie haben sie zu ihrem Heim gemacht . . . zu ihrer Hölle."

Willow und Xander lauschten aufmerksam. Ihre Mienen waren ebenso ernst wie die des Redners.

„Im Laufe der Zeit verloren sie ihren Halt in der Wirklichkeit", fuhr Giles fort und trug einen Armvoll Bücher die Treppe herunter, „und der Weg war frei für die sterblichen Tiere. Für die Menschen. Von den Alten Mächten blieben nur noch ein paar Spuren."

„Wie zum Beispiel Vampire“, ergänzte Buffy.

Sie war endlich wieder aus Giles' Büro aufgetaucht und wickelte einen Verband um ihren Unterarm. Sichtlich erregt stand Xander auf.

„Okay, und damit habe ich ein Problem, wißt ihr?“ Er runzelte die Stirn. „Wir reden hier über Vampire, und dabei glaube ich gar nicht an ihre Existenz.“

„Hast du sie letzte Nacht denn nicht gesehen?“ fragte Willow.

„Ach, das waren doch keine Vampire“, scherzte Buffy. „Das waren bloß ein paar Typen, die ganz dringend ein Lifting brauchen. Oder vielleicht hatten sie ja die Tollwut. Und der Typ, der zu Staub zerfallen ist, war bloß 'ne Lichtspiegelung.“ Sie achtete nicht auf Xanders wütenden Blick und schaute ihn ihrerseits voller Verständnis an. „Genau das hab ich auch gesagt, als ich zum ersten Mal einen Vampir sah. Ich meine, nachdem ich aufgehört hatte, mir die Seele aus dem Leib zu schreien.“

„Ich glaub, ich muß mich mal setzen“, sagte Willow.

„Du sitzt doch schon“, erinnerte Buffy sie.

„Oh.“ Willow nickte mit leerem Blick. „Schön für mich.“

„Also sind Vampire Dämonen?“ fragte Xander, aber seine Stimme klang immer noch zweifelnd.

„In den Büchern steht“, fuhr Giles fort, „daß der letzte Dämon, der die Wirklichkeit verließ, einen Menschen aussaugte und sein Blut mit dem seines Opfers vermischte. Er hinterließ eine Menschengestalt, die von der Seele des Dämonen besessen oder infiziert war.“ Giles reichte Xander eines der schweren Bücher. „Der biß einen anderen ... und so wandeln sie über die Erde und suchen neue Opfer. Manche töten sie, mit anderen vermischen sie ihr Blut, um sich zu vermehren. Sie warten darauf, daß die Tiere aussterben und die Alten Mächte zurückkehren."

Weit unterhalb der Erdoberfläche, dort, wo die Morgensonne nicht hin gelangte, schleppten Luke und Darla Jesse durch den dunklen, feuchten Tunnel zur Kirche. Immer wieder stolperte Jesse und wurde nur durch den festen Griff der Untoten gehalten. Er war mittlerweile aus seiner Bewußtlosigkeit erwacht, und während sich seine Augen allmählich an die Dunkelheit gewöhnten, schnürte die wachsende Angst ihm die Kehle zu.

Er studierte die beiden unmenschlichen Gesichter neben sich und musterte dann den Tunneleingang, durch den sie ihn schleppten. Er hatte den Eindruck, sie befänden sich in einem alten riesenhaften Leitungsrohr, dessen schimmlige Wände von Rissen durchzogen wurden.

Als sie das Ende des Tunnels erreicht hatten, stießen ihn seine Begleiter brutal über Mauerreste hinweg auf den kalten, feuchten Steinboden.

Vor Schreck riß er die Augen weit auf. Angstvoll betrachtete er seine Umgebung. Es sah aus wie eine Kirche – oder es war zumindest einmal eine Kirche gewesen –, aber nun war es ein übler, grauenerregender Ort; das spürte er mit jeder Faser seines Körpers.

Jesse blickte sich um, und seine Furcht paarte sich auf eine seltsame Weise mit Neugierde. Er konnte jetzt erkennen, daß er vor einem Altar stand. Aber was war das? Es sah aus wie ein zähflüssiger roter Teich . . .

Und dann trat etwas aus der Finsternis heraus, wuchs aus den endlosen Schatten empor und schritt langsam auf ihn zu.

Der Meister betrachtete seinen Diener mit einem kalten majestätischen Blick. Er schaute von Luke zu Jesse und wieder zu Luke. Endlich begann er zu sprechen.

„Ist dies für mich?“

„Ein Opfer, Meister“, erwiderte Luke demütig.

„Ein gutes Opfer“, fügte Darla hinzu. „Sein Blut ist rein.“

Die Stimme des Meisters blieb ruhig. „Du hast es probiert.“

Als Darla ihren Fehler bemerkte, trat sie vor Furcht einen Schritt zurück. Der Meister schenkte ihr ein höhnisches Lächeln.

„Ich bin dein treuer Hund. Du bringst mir die Abfälle.“

„Ich hab es nicht gewollt“, stammelte Darla, aber der Meister fiel ihr ins Wort.

„Ich habe lange gewartet. Sechzig Jahre habe ich gewartet. Während euresgleichen kommt und geht, wie es euch beliebt, saß ich hier fest.“ Seine Stimme erhob sich, bebte vor Macht. „Hier, in einem *Gebetshaus*. Doch meine Auferstehung steht kurz bevor.“

Er beugte sich zu Darla hinab und packte ihr Gesicht mit festem Griff.

„Darum bete“, fauchte er, „daß ich in besserer Laune bin, wenn es soweit ist.“

„Meister, vergebt mir", flehte Darla ihn an. „Wir hatten mehr Opfer für Euch, aber es hat Schwierigkeiten gegeben. Da war ein Mädchen . . ."

Luke nickte bestätigend. „Sie konnte kämpfen, und sie wußte über uns Bescheid. Es ist möglich, daß sie ein . . ."

Der Meister wandte sich zu ihm um. Seine Mimik verriet nicht die geringste Erregung. „Daß sie ein *Jäger* ist?"

„Und was genau soll das sein? Ein *Jäger*!" Xander sprach das Wort aus, als handelte es sich um die Pointe eines Witzes.

„Solange es Vampire gibt, hat es auch immer eine Jägerin gegeben", fuhr Giles in seiner Erklärung fort. „Ein Mädchen auf der ganzen Welt . . ."

„Diesen Teil liebt er besonders", unterbrach ihn Buffy.

„Na schön", lenkte Giles ein und zählte in sachlicherem Ton noch ein paar Tatsachen auf: „Sie jagen Vampire, und wenn ein Jäger stirbt, wird der nächste berufen. Buffy ist eine Jägerin, aber das muß unter uns bleiben." Er hielt inne und schöpfte Atem. „Ich glaube, das ist alles, was ihr über Vampire wissen müßt."

„Etwas fehlt noch", meldete sich Xander wieder zu Wort. „Wie bringt man sie um?"

„Das brauchst du nicht zu wissen", beruhigte ihn Buffy. „Das ist ja nun mal leider mein Job."

„Aber Jesse . . ."

„Für Jesse bin ich verantwortlich. Ich ließ es zu, daß sie ihn schnappten."

Xander runzelte die Stirn. „Das stimmt doch gar nicht."

„Wenn du nicht gekommen wärst", sagte Willow, „hätten sie uns auch geschnappt . . . Hat jemand was dagegen, wenn ich jetzt ohnmächtig werde?"

„Atme tief ein!" befahl Buffy.

Willow nickte.

Buffy wandte sich an Giles. „Dieser große Kerl, dieser Luke, sprach von einem Opfer für den Meister. Ich weiß nicht, wer oder was das Opfer sein soll, aber wenn es ihnen nicht nur darum ging, ihren Hunger zu stillen, könnte Jesse noch leben. Und das heißt, ich *muß* ihn finden."

Willow, die sich nun etwas beruhigt hatte, machte einen Vorschlag: „Sollten wir nicht die Polizei verständigen?"

„Und die wiederum verständigen die Männer mit den weißen Jacken", erwiderte Xander prompt.

„Wir müssen ja nicht gleich von Vampiren reden", stammelte Willow. „Wir könnten einfach sagen, da war ein böser Mann."

Buffy schüttelte ungeduldig den Kopf. „Sie könnten ja doch nichts ausrichten, selbst wenn sie kämen. Vampire erschießt man nicht mit Pistolen."

„Du hast keine Ahnung, wohin sie Jesse verschleppt haben könnten?" erkundigte sich Giles.

„Ich hab mich umgesehen, aber sobald sie aus dem Wald heraus waren, können sie auch ganz einfach", Buffy machte eine schnelle Handbewegung, „und tschüs."

„Können sie etwa fliegen?" Xander staunte.

„Nein, aber Autofahren."

„Ach."

Willow versuchte sich zu erinnern. „Ich meine nicht, daß ich ein Auto gehört hätte."

„Nun, dann laßt mal eure Vorstellungskraft spielen und nehmt an, daß sie einfach unter der Erde verschwunden sind", sagte Giles.

„Vampire rotten sich gern in der Kanalisation zusammen", erklärte Buffy. „Dort können sie sich ungehindert unter der ganzen Stadt bewegen, ohne einen einzigen Sonnenstrahl abzukriegen. Aber ich habe in der Gegend keinen Einstieg gesehen."

Xander zuckte die Achseln. „Es gibt auch noch Elektroschächte. Die ziehen sich auch unter der ganzen Stadt lang."

Giles erwog diese Möglichkeit einen Augenblick lang. „Wenn wir einen Plan des Tunnelsystems hätten, könnten wir vielleicht ihren Versammlungsort finden. Ich denke, wir sollten zur Stadtverwaltung gehen und ..."

„Wir haben ja auch alle Zeit der Welt", unterbrach ihn Buffy.

„Äh, Leute?" warf Willow zaghaft ein. „Vielleicht gibt's ja noch eine andere Möglichkeit."

13

„Eine Jägerin." Der Meister dachte über diese Möglichkeit nach. „Hast du denn einen Beweis?"

Luke antwortete mit einem höhnischen Grinsen. „Nun, sie hat mit mir gekämpft und ist immer noch am Leben."

„Das ist schon fast ein Beweis", gab der Meister zu. „Ich kann mich nicht mehr erinnern, wann dies zuletzt geschehen ist."

„Achtzehnhundertdreiundvierzig." Luke sah fast verlegen aus. „In Madrid. Hat mich im Schlaf erwischt."

Der Meister deutete ein Nicken an. „Man darf ihr nicht gestatten, die *Ernte* zu stören."

„Das würde ich niemals zulassen."

Der Meister ignorierte diese Bemerkung. „Sie wird von allein zu uns kommen." Als seine Diener ihn fragend ansahen, fügte er hinzu: „Wir haben hier etwas, das sie zurückhaben will. Wenn sie wirklich die Jägerin ist, wird sie versuchen, den Jungen zu befreien."

Luke ging zu Jesse hinüber. Sein ohnehin scheußliches Gesicht verzog sich zu einer makaberen Grimasse.

„Und ich dachte schon, du wärst nicht mehr als eine kleine Mahlzeit." Er kicherte vor sich hin. „Meinen Glückwunsch, Junge, du bist gerade zum Lockvogel aufgestiegen."

Wie der Meister es vorausgesagt hatte, war Buffy in diesem Augenblick mit einem Befreiungsplan beschäftigt.

„Da ist es!" sagte sie eifrig.

Willow saß am Computer, während die anderen um sie herumstanden. Auf dem Bildschirm war der vollständige Plan der städtischen Kanalisation zu sehen.

„Hier verläuft der Schacht unter dem Friedhof", erklärte Willow und tippte auf den Monitor.

Xander schüttelte den Kopf. „Aber ich sehe keinen Eingang."

„Sind alle Pläne der städtischen Versorgungseinrichtungen der Öffentlichkeit zugänglich?" erkundigte sich Giles.

„Ähm, ja, also, das ist so", sagte Willow und zog verlegen die Nase kraus. „Ich bin mal drüber gestolpert, als ich zufällig . . . den Sicherheitscode des Gemeinderats entschlüsselt habe."

Xanders Aufmerksamkeit blieb auf den Bildschirm gerichtet. „Also wirklich! So ein freches kleines Mädchen . . ."

„Da gibt's nichts zu finden", ließ sich Buffy enttäuscht vernehmen. „Es war völlig umsonst!"

„Ich finde, du solltest dir nicht soviel aufbürden", versuchte Giles sie zu trösten, aber Buffy wandte sich verzweifelt an ihn.

„Sie haben doch selbst gesagt, ich sei nicht genügend vorbereitet. Ich dachte schon, ich hätte die Oberhand, da kam dieses Ungeheuer irgendwo aus dem Nichts . . ." Sie brach abrupt ab, und Xander blickte zu ihr auf.

„Was ist?" fragte er.

Plötzlich hatte die Erinnerung eingesetzt. Die Geschehnisse der vergangenen Nacht standen ihr klar vor Augen. „Er kam nicht aus dem Nichts", sagte sie aufgeregt. „Er stand plötzlich hinter mir. Aber ich hatte den Eingang im Blickfeld. Er kam von hinten, und er folgte mir nicht nach draußen." Sie sah die anderen an. „Der Eingang zum Tunnelsystem befindet sich im Mausoleum."

„Bist du sicher?" Giles richtete sich auf.

„Das Mädchen muß mit Jesse zurückgelaufen sein, nachdem ich draußen war", fuhr Buffy fort. „Mann, das ist endlich mal eine Herausforderung!"

Xander trat einen Schritt zurück, er fieberte nach Aktion. „Wie sieht dein Plan aus? Satteln wir die Pferde?"

„Es gibt kein ‚wir'", gab ihm Buffy zu verstehen. „Ich bin der Jäger, nicht ihr."

„Ich wußte, daß du mir den Brocken ins Gesicht schmeißen würdest", grollte Xander.

„Xander, das ist wirklich total gefährlich."

„Ich bin der Sache nicht gewachsen. Na toll. Ich bin kein richtiger Mann."

Xander kehrte ihr den Rücken zu und schritt beleidigt davon. Willow warf ihm einen mitfühlenden Blick hinterher und wandte sich dann an Buffy: „Ich bin ehrlich nicht besonders scharf darauf, in eine düstere Höhle voller Ungeheuer zu gehen, aber ich möchte dir wirklich helfen. Ich *muß* dir helfen."

„Du kannst ihr helfen, indem du mir hilfst", schaltete sich Giles ohne Zögern ein. „Ich habe Nachforschungen über diese Sache mit der *Ernte* angestellt. Scheint mir so eine Art vorbestimmtes Massaker zu sein. Ströme von Blut, die Hölle auf Erden ... Ziemlich unappetitlich. Ich bin mir jedoch über die Einzelheiten noch nicht im klaren, aber möglicherweise könntest du dieser schrecklichen Maschine noch ein paar weitere Informationen abringen?" Er hielt inne und blickte in ihre verständnislosen Gesichter. „Das war vielleicht ein bißchen zu englisch, nicht wahr?" gab er zu und war verlegen.

Buffy grinste. „Willkommen in der Neuen Welt."

„Ich möchte, daß du dich ins Internet einklinkst", versuchte Giles es erneut.

„Oh!" Jetzt strahlte Willow. „Klar, das krieg ich hin."

„Dann mach ich mich jetzt auf die Socken", verkündete Buffy. „Wenn Jesse noch am Leben ist, bringe ich ihn zurück."

Giles trat einen Schritt vor, und seine strenge Miene wurde ein wenig milder. „Muß ich dir sagen, daß du vorsichtig sein sollst?"

Buffy blickte ihm einen Moment lang schweigend in die Augen. Dann verließ sie den Raum.

Sie lief über das Schulgelände zum äußeren Tor. Es stand weit offen. Doch bevor sie es passieren konnte, stand plötzlich Mr. Flutie hinter ihr.

„Und wo gedenken wir hinzugehen?" sagte er zur Begrüßung.

„Wir?" fragte Buffy voller Unschuld. „Ach, Sie meinen ich?"

Mr. Flutie sah sie gönnerhaft an. „Wir wollen doch nicht etwa das Schulgelände verlassen, oder?"

„Nein! Ich will nur ... ich bewundere diesen Zaun. Das ist echte Handwerksarbeit."

„Denn wenn wir am zweiten Tag in der neuen Schule das Schulgelände verlassen würden, nachdem wir von der alten Schule wegen unbotmäßigen Verhaltens verwiesen wurden ..." Der Schulleiter legte eine Pause ein und holte tief Luft. „Du verstehst doch, worauf ich hinauswill?"

Buffys Gedanken arbeiteten fieberhaft. „Mr. Giles!" rief sie plötzlich aus.

„Was?"

„Er bat mich, ihm ein Buch zu besorgen", erklärte Buffy. „Aus dem Laden, weil ich eine Freistunde habe."

Mr. Flutie starrte sie nur an. „Mr. Giles."

„Fragen Sie ihn nur."

Doch Mr. Flutie ging um sie herum, schloß das Tor und schob den Riegel vor. Dabei schimpfte er ohne Unterbrechung vor sich hin: „Vielleicht halten sie es ja in England so, wo sie ihre königliche Familie haben, und der Himmel mag wissen, welche Probleme noch. Aber hier auf der Sunnydale High School verläßt niemand den Campus, solange noch Unterricht ist. Haben wir uns verstanden?"

Buffy blickte ihn unverwandt freundlich an. „Wir haben uns verstanden."

„Das ist die Buffy Summers, die ich in meiner Schule haben möchte: Ein vernünftiges Mädchen, das mit beiden Beinen fest auf der Erde steht." Der Schulleiter lächelte sie freundlich an, bevor er sich umdrehte und davonging.

Einen kurzen Augenblick lang betrachtete Buffy ihre Beine. Dann nahm sie Anlauf, hüpfte über den Zaun und landete geschickt auf der anderen Seite.

Sie warf einen hastigen Blick über die Schulter, und dann rannte sie.

Willow und Xander verließen die Bibliothek gemeinsam. Die Schulglocke hatte geläutet, und die Schüler begaben sich bereits in die Klassenräume.

„Mord, Tod, Katastrophen“, murmelte Willow und vervollständigte im Gehen die Liste in ihrem Notizbuch. „Was noch?“

„Paranormale, unerklärliche Vorgänge.“ Xander dachte eine Minute lang nach und fragte dann: „Hast du auch Naturkatastrophen?“

Willow nickte. „Erdbeben, Sturmfluten ...“

„Krötenregen.“

„Klar.“

„Krötenregen.“ Xander klang ein wenig ungläubig. „Soll's da wirklich Berichte drüber geben?“

„Ich gebe es in die Suchliste ein. Wenn's was drüber gibt, wird es auch erscheinen. Irgendwas, das uns zu Vampiren führt.“

„Ich bin echt 'ne tolle Hilfe, wenn ich daneben stehe wie ein Idiot.“

„Nicht wie ein Idiot“, tröstete Willow ihn. „Du bist mir eine moralische Stütze. Buffy will nicht, daß dir was passiert.“ Sie warf ihm einen Seitenblick zu und fuhr mit leiserer Stimme fort: „Und ich übrigens auch nicht.“ Mittlerweile waren sie vor Willows Klassenzimmer angelangt und blieben vor der Tür stehen.

„Das ist einfach zu viel“, seufzte Xander. „Gestern noch war mein Leben von der Frage bestimmt: ‚Schaffe ich es, sie rumzukriegen?‘ Und heute? *Krötenregen.*“

„Ich weiß", pflichtete Willow ihm bei und warf einen Blick auf die anderen Schüler. „Und alle um uns herum glauben, es ist ein Tag wie jeder andere."

„Keiner weiß es. Es ist, als hätten wir ein großes Geheimnis."

„Haben wir ja auch. So ist das eben mit Geheimnissen: Du weißt etwas, das die andern nicht wissen." Ihre sanfte Ironie war an Xander verschwendet.

„Genau", meinte er. „Tja, du gehst jetzt wohl besser mal in deine Klasse."

„Du meinst *‚wir'*. *Wir* sollten jetzt mal lieber in unsere Klassen gehen."

„Ja."

„Buffy wird schon klarkommen", versicherte sie ihm. „Was auch immer da unten ist – sie wird damit fertig, glaub ich."

„Ich glaub's ja auch."

„Ganz bestimmt." Aber wenn wir uns wirklich so sicher sind, warum versichern wir es uns dann gegenseitig? überlegte Willow.

14

Wieder einmal überquerte Buffy den Friedhof. Den Weg zum Mausoleum kannte sie inzwischen.

Außer einem schwachen Lichtschein, der durch den Eingang drang, war es in der Gruft so dunkel wie in der vergangenen Nacht. Buffy schob sich vorsichtig Millimeter um Millimeter weiter in die Düsternis. Unentwegt suchte sie mit den Augen die Umgebung ab. All ihre Sinne warnten sie, daß dort etwas im Verborgenen lauerte. Aber die Schatten waren zu dicht, sie gaben nichts preis.

Sie tastete sich bis zu der Eisentür am anderen Ende des Raums vor und drückte die Klinke herunter. Aber ohne Erfolg. Die Tür war zugesperrt. Entmutigt ließ sie die Arme sinken und atmete einmal tief aus. Dann sagte sie, ohne sich umzudrehen: „Ich schätze, du hast den Schlüssel nicht dabei?"

Einen Augenblick lang herrschte Schweigen. Und dann trat der geheimnisvolle Typ aus der Dunkelheit. In seinen Augen glomm ein schwaches Lächeln.

„Sie haben es nicht so gern, wenn ich unangemeldet vorbeischaue", erklärte er.

„Warum nicht?"

„Ich glaube, sie mögen mich nicht besonders."

„Woher kommt das nur?" fragte Buffy ironisch.

„Ich wußte, daß du diesen Eingang früher oder später finden würdest", sagte er, ohne auf ihre Bemerkung einzugehen. „Ehrlich gesagt hatte ich früher damit gerechnet."

„Tut mir leid, daß du solange warten mußtest", entgegnete Buffy. „Hör mal, wenn du schon jedesmal, wenn wir uns treffen, den Schlaumeier mimen mußt – kannst du mir dann wenigstens mal deinen Namen sagen?"

Erneutes Schweigen. „Angel", sagte er endlich.

„Angel." Sie wartete darauf, daß er ihr auch seinen Nachnamen verraten würde. Aber er schwieg bereits wieder. „Ist aber 'n hübscher Name."

„Geh da nicht runter." Die Warnung kam ruhig, fast beiläufig. Buffy tat sie mit einem Achselzucken ab.

„Du kannst dich darauf verlassen, daß ich da runtergehe."

„Du solltest dein Leben nicht so aufs Spiel setzen. Heute nacht ist die Ernte. Wenn du sie nicht verhinderst", seine Stimme senkte sich zu einem Flüstern, „wird der Meister auferstehen."

Doch Buffy blieb stur. „Wenn dieses Ernteding so ein Blutsaugerfest ist – warum verhinderst du es dann nicht?"

„Weil ich Angst habe."

Es war eine Antwort, die sie nicht erwartet hatte und auf die sie nicht im mindesten vorbereitet war. Die schamlose Offenheit seiner Beichte erschütterte sie zutiefst. Sie starrte in sein Gesicht, das im schwachen Licht nur als Umriß zu erkennen war.

Dann trat sie die Tür ein.

„Sie werden dich erwarten", sagte Angel.

„Da unten ist ein Freund von mir. Na ja, er könnte zumindest einmal einer werden." Oder *war* er mal einer? schoß es ihr durch den Kopf. Aber diesen Gedanken sprach sie nicht aus.

„Wenn du auf das Tunnelsystem stößt, halte dich nach Osten in Richtung Schule. Dort wirst du sie höchstwahrscheinlich finden."

„Willst du mir kein Glück wünschen?"

Wieder schwieg Angel. Und wieder starrte Buffy ihn an. Dann drehte sie sich abrupt um und verschwand in der Dunkelheit. Angel sah ihr nach. Er stand eine ganze Weile reglos da, und seine Miene drückte Besorgnis aus. „Viel Glück", sagte er leise.

15

Die dunklen Röhren verzweigten sich zu einem weitläufigen System und verliefen in alle Richtungen. Sie breiteten sich unter der Stadt aus wie ein verborgenes Labyrinth. Während Buffy vorsichtig eine Treppe herunterschritt, fragte sie sich, ob sie jemals wieder ans Tageslicht zurückfinden würde.

Sie verharrte einen Augenblick und musterte die Umgebung. Feuchte, übelriechende Luft wehte über sie hinweg, und aus weiter Ferne hörte sie das Echo fallender Tropfen. Als ihr eine Ratte über den Fuß huschte, zuckte Buffy nicht einmal zusammen. Sie entschied sich für einen der vielen Tunnel, der – so hoffte sie – nach Osten führte.

Sie bewegte sich mit äußerster Vorsicht; ihre Sinne erforschten jeden Riß, jede Felsspalte und jede Ansammlung von Schatten. Grimmig dachte sie, daß dies die perfekte Brutstätte für die Untoten war. Sie wußte, daß sie überall sein konnten, daß sie sie möglicherweise beobachteten und auf sie warteten. Mit klopfendem Herzen folgte sie Schritt für Schritt dem Verlauf des Tunnels.

An einer Biegung hielt sie an und spähte um die Ecke. Dieser Durchgang schien ebenfalls verlassen zu sein, und doch zögerte sie noch einen Moment länger und strengte ihre Ohren an, um in der unheimlichen Stille einen Laut auszumachen. Dann setzte sie sich wieder in Bewegung, die Nerven zum Zerreißen gespannt.

Hatte sie da nicht etwas gehört? Sie wirbelte herum, schlich auf ihrer eigenen Spur zurück und blickte um die Mauerecke in einen weiteren Tunnel.

Dort lag alles im Dunkeln. Sie hörte das vage Summen eines undeutlichen Geräusches, aber nichts, was sie näher bestimmen konnte.

Buffy neigte ihren Kopf leicht zur Seite ... und merkte, daß er genau hinter ihr war.

Einen schrecklichen Augenblick lang war sie wie erstarrt. Ihr Körper spannte sich, bereitete sich auf den Angriff vor, und dann fuhr sie herum.

„Hast du etwas gesehen?"

„Xander!" brach es aus Buffy hervor. „Was hast du denn hier zu suchen?"

„Etwas Dummes. Ich bin dir gefolgt." Xander schien nicht im geringsten verlegen. „Ich konnte einfach nicht rumsitzen und gar nichts tun!"

Buffy starrte ihn an und wußte nicht, ob sie lachen oder schreien sollte. „Verstehe. Und jetzt geh!"

„Nein!"

„Xander, du mußt abhauen!"

„Jesse ist mein Freund, okay?" beharrte Xander. „Wenn ich ihm helfen kann, muß ich es auch tun."

Buffy schwieg und erwog, ob er es ehrlich meinte.

„Und außerdem hätte ich sonst Chemie", fügte Xander hinzu.

Buffy stieß einen Seufzer aus.

Ohne ein weiteres Wort liefen sie den Tunnel entlang. Als sie an sein Ende gelangten, hielten sie inne, um zu lauschen. Aber nicht das geringste Geräusch drang an ihre Ohren.

Immer weiter suchten sie mit den Augen die Finsternis ab, während sie sich entschlossen vorantasteten. Sie blieben dicht beieinander. Jeder Muskel war angespannt.

„Okay", meinte Xander und zählte ein paar Dinge auf, um sich zu wappnen: „Kreuze, Knoblauch, Pfahl durchs Herz."

„Das erledigt sie", versicherte ihm Buffy.

„Cool. Ehrlich gesagt hab ich aber nichts davon bei mir."

Buffy warf ihm einen Blick zu und händigte ihm das Kreuz aus. „Da hast du dich aber gut vorbereitet."

„Der Teil von meinem Gehirn, der mich daran hätte erinnern sollen, diese Dinge mitzubringen, war damit beschäftigt, mich davon abzuhalten, hierherzukommen", verteidigte sich Xander. „Immerhin hab ich ja das hier mitgebracht."

Er zog eine Taschenlampe hervor und knipste sie an. Der grelle Lichtstrahl durchschnitt die Dunkelheit, beleuchtete tropfnasse Wände und schlammige Pfützen zu ihren Füßen.

„Mach sie aus!" zischte Buffy, und Xander beeilte sich, der Aufforderung nachzukommen.

„Okay, okay", lenkte er ein. „Also, was gibt's noch?"

„Wie meinst du das?"

„Na, für das Vernichten der bösen Vampire."

Buffy seufzte. „Feuer, Enthaupten, Sonnenstrahlen, Weihwasser . . . das Übliche eben."

„Hast du während deiner Laufbahn auch schon mal so ein bißchen *enthauptet*?" Xanders Stimme war bei dem letzten Wort nicht mehr als ein Krächzen.

„Ja, klar. Einmal wurde ich von diesem Vampir

festgehalten – er spielte übrigens als rechter Stürmer in der Schulmannschaft, bevor er ... jedenfalls hatte er so 'nen richtig dicken Stiernacken, und ich hatte bloß ein kleines Küchenmesser, um mich zu verteidigen ..."

Sie brach abrupt ab, als sie bemerkte, daß Xander sie mit offenem Mund anstarrte.

„Du findest die Geschichte nicht gut", warf sie ihm vor. Xander schaffte es, ein Schaudern zu unterdrücken.

„Ehrlich gesagt finde ich sie seltsamerweise ziemlich beruhigend", murmelte er vor sich hin.

16

In der Bibliothek stellte Giles seine eigenen Nachforschungen an. Er hatte die alten Bücher vor sich auf dem Tisch ausgebreitet und sah gespannt von einem zum anderen. Er las einzelne Passagen und brütete über ihre Bedeutung.

Er war nun schon seit geraumer Zeit damit beschäftigt, und sein Gesicht sah müde, aber immer noch entschlossen aus. Wieder nahm er ein neues Buch zur Hand, blätterte darin und hielt plötzlich inne.

Aufmerksam las er einen bestimmten Abschnitt. Dann schüttelte er den Kopf und begann von neuem. Langsam, Wort für Wort, übersetzte er den lateinischen Text: „Denn sie werden zusammenkommen und zusammengetrieben werden. Alles, was ihnen gehörte, wird nun ihm gehören ... Aus dem Gefäß strömt das Leben." Giles hielt inne und wiederholte langsam die Worte: „Strömt das Leben ..."

Er studierte die Gravur auf der Titelseite des Buches. Das Bild zeigte ein scheußliches Wesen, halb Mensch, halb Tier, das mit ausgestreckter Hand die Bewohner eines Dorfes in seinem Bann hielt. Die Menschen bluteten aus vielen Wunden. Unter ihnen reckte sich machtvoll ein Dämon, der aus der Hölle zu kommen schien.

Giles beugte sich tiefer über das Buch. Tiefe Falten zerfurchten seine Stirn, während er die Stirn der Bestie betrachtete, auf der ein rotes Symbol prangte: ein dreizackiger Stern.

Giles zwinkerte hinter seiner Brille und wandte seine Aufmerksamkeit einer neuen Passage des Buches zu.

„In der Nacht des zunehmenden Mondes, am Anfang der Sommersonnenwende, ist es soweit." Er richtete sich auf. Die Erkenntnis traf ihn wie ein Schlag.

„Natürlich", murmelte er. „Heute nacht."

„Gehen wir heute abend ins *Bronze*?" flüsterte Harmony Cordelia während des Unterrichts zu.

Informatik war nicht gerade Cordelias Lieblingsfach. Und obwohl alle anderen um sie herum fleißig an ihren Computern arbeiteten, war Cordelia heute weniger denn je in der Lage, sich auf die Erstellung von Programmen zu konzentrieren.

Nun blickte sie zu Harmony hinüber, die mit ihr zusammen an der Software arbeitete und auch nicht viel mehr begriff. Und Harmony merkte, daß Cordelia ihre Frage nicht einmal gehört hatte.

„Nein!" stieß Cordelia in völliger Verzweiflung hervor. „Es soll doch die Syntax herausfinden und einbauen. Oder, warte mal . . ."

Harmony hielt den Blick auf die Tastatur gerichtet und drückte zögernd auf die Tasten. „Gehen wir heute abend ins *Bronze*?" wiederholte sie ihre Frage.

„Nein", gab Cordelia zurück. „Wir gehen zu irgendeinem der anderen Szenetreffs in Sunnydale."

Harmony starrte sie verständnislos an, und Cordelia seufzte.

„Natürlich gehn wir ins *Bronze*! Was soll man freitags sonst tun? Aber du hättest gestern abend mal da sein sollen."

Harmony fragte nicht, was geschehen war, sondern betrachtete statt dessen mit gerunzelter Stirn das Programm, das sie erstellen sollten. „Ich glaube, wir haben diesen Teil falsch gemacht."

„Warum müssen wir überhaupt diese blöden Programme schreiben?" fragte Cordelia wütend. „Reicht es nicht, wenn diese Computerfreaks das machen?" Sie blickte zum Nebentisch, an dem Willow saß. „Was macht sie da bloß?" murmelte Cordelia.

Harmony verrenkte sich den Hals, um nach Willow zu schauen. Das Mädchen war augenscheinlich in seiner eigenen Welt versunken, wo auch immer diese Welt sein mochte.

Willow surfte im Internet und bekam von ihrer Umgebung nicht das geringste mit. Sie hämmerte unaufhörlich auf ihre Tastatur ein, sichtete das Material, das ihr angezeigt wurde, und suchte nach Gott weiß welchen Dingen ...

Harmony zuckte die Achseln und blickte Cordelia an. „Schätze, sie macht was anderes."

Cordelia starrte zornig zum Nachbartisch hinüber. Kein Zweifel, Willow hatte viel zu tun. Cordelia schnaubte und widmete sich wieder ihrer Lieblingsbeschäftigung: Hofzuhalten.

„Okay", sagte sie zu Harmony im halbherzigen Versuch, sich wieder ihrer Aufgabe zu widmen, „und dann mußt du auf ‚Muster' drücken, richtig? Oder auf ‚Ende'. Das wär's."

Harmony sah völlig verwirrt aus. „Vielleicht ... sollten wir ..."

„Also schön, was sagt denn das schlaue Buch?" Cordelia war am Ende ihrer Geduld. Während Harmony die Arbeitsschritte nachschlug, versuchte Cordelia wieder, sie für ihren Tratsch zu begeistern. „Jedenfalls", fuhr sie fort, „komme ich gerade von der Toilette, und da geht sie mit einem Stock auf mich los und schreit: ‚Ich bring dich um! Ich bring dich um!' Ich schwör es dir, so war's."

„Wer?" fragte Jared. Er war einer der schärfsten Typen im Kurs, und nun beugte er sich eifrig vor, um den Klatsch mitzubekommen.

Mit selbstgefälliger Befriedigung stellte Cordelia fest, daß sie nun doch eine Zuhörerschaft gefunden hatte.

„Buffy", teilte sie ihm mit.

„Die Neue", erklärte Harmony.

Jared sah völlig verblüfft aus. „Wie ist die denn drauf?"

„Ich sag es dir, die ist völlig durchgeknallt!" stellte Cordelia fest.

„Habt ihr das von ihrer alten Schule gehört?" fragte Harmony verschwörerisch. „Da ist sie rausgeschmissen worden."

„Überrascht mich gar nicht", erklärte Cordelia.

Jared beugte sich noch weiter vor. „Warum ist sie denn rausgeschmissen worden?"

„Weil sie total irre ist", mutmaßte Cordelia.

„Nein, das ist sie nicht."

Die Stimme hatte sich völlig unerwartet eingeschaltet. Sie sprach fest und ruhig, und die anderen drei drehten sich überrascht zu ihr herum.

Da saß Willow und starrte sie an. Cordelia starrte zurück. Niemand – wirklich niemand – durfte Cordelia jemals widersprechen, und so dauerte es eine ganze Weile, bis diese unerhörte Beleidigung in ihr Bewußtsein gedrungen war.

„Was?“ Cordelia strafte sie mit eisigem Blick.

„Sie ist keine Irre“, wiederholte Willow. „Du kennst sie ja nicht einmal.“

Cordelia hob entrüstet die Stimme: „Entschuldige bitte. Wer hat dir erlaubt, dich hier einzumischen? Hänge ich mich in deine Privatunterhaltungen rein? Nein. Und warum nicht? Weil du 'ne Langweilerin bist.“

In Willows Augen flackerte Schmerz auf. Rasch senkte sie den Blick, stand auf und sammelte ein paar Seiten ein, die aus dem Drucker gekommen waren. Cordelia und die anderen widmeten sich wieder ihren Aufgaben.

„Da.“ Harmony starrte auf den Monitor. „Ich glaube, wir haben es geschafft“, sagte sie erleichtert.

Cordelia nickte. „Endlich ist der Alptraum vorbei. Aber wie sollen wir das jetzt sichern?“

Willow war bereits auf dem Weg zur Tür. Sie warf einen Blick zurück und sagte: „Deliver.“

„Deliver.“ Cordelia starrte auf den Bildschirm. „Wo ist denn das bloß – ach da!“

Sie hatte die DEL-Taste entdeckt. Sie schlug einmal leicht darauf.

Eine lange Pause entstand, während Cordelia und Harmony gebannt auf den Bildschirm schauten. Sie sahen zu, wie ihr Computerprogramm verblich und schließlich vom Monitor verschwand. Ihre Gesichter erstarrten in abgrundtiefer Verblüffung.

17

„Sie sind nicht mehr weit weg“, flüsterte Buffy.

Geraume Zeit waren sie schweigend nebeneinander her gegangen, hatten Tunnel um Tunnel durchquert. Die Luft war von der Erwartung drohender Gefahr erfüllt, und Buffy schauderte, während sie die Dunkelheit mit besorgten Augen zu durchdringen suchte.

„Woher weißt du das?“ fragte Xander nervös.

„Hier sind keine Ratten mehr.“

Das war nicht gerade die Antwort, die er hatte hören wollen, aber er sagte nichts dazu. Trotzdem dauerte es eine ganze Weile, bis er seine Stimme wiedergefunden hatte.

„Da drüben.“ Er hielt an und deutete mit dem Finger voraus. „Was ist das?“

Vor ihnen lag eine kleine, düstere Seitenkammer. Sie konnten eben noch die Umrisse der Türöffnung erkennen, doch was dahinter lag, blieb ihren Blicken verborgen.

Nach einem hastigen Blick zurück näherten sie sich dem Raum. Xander zog seine Taschenlampe hervor und ließ den Strahl langsam über den Boden wandern.

Das Licht erhellte die bewegungslose Masse eines Körpers, dessen Gesicht zum Boden gekehrt war.

Xander zog heftig die Luft ein. „Jesse!“

„O nein“, murmelte Buffy.

Sie lief auf den Körper zu, während Xander ihr

mit der Taschenlampe leuchtete. Als sie Jesse erreichte, streckte sie die Arme aus, um ihm aufzuhelfen.

Ohne Vorwarnung sprang Jesse sie an. In der erhobenen Hand hielt er ein Stück Leitungsrohr. Er holte aus und zielte auf Buffys Kopf.

„Jesse!" schrie Xander.

Jesse hielt erstaunt inne. „Xander?"

Mit einem Ausdruck schierer Erleichterung ließ Jesse seine Waffe fallen. Er taumelte langsam auf seinen Freund zu und ließ sich von ihm in die Arme nehmen. Einen Augenblick später löste sich Xander aus der Umarmung, hielt Jesse am ausgestreckten Arm von sich weg und sah ihn prüfend an.

„Bist du okay?"

„Wenn wir hier in einem neuen Adventure sind, fehlen mir 'n paar Lebenspunkte. Das rote Licht flakkert", erwiderte Jesse in einem schwachen Versuch zu scherzen. „Wir müssen hier raus!"

Er zeigte auf sein Bein. Eine schwere Kette fesselte ihn an einen in der Wand eingelassenen Metallring.

„Kein Problem!" versicherte Xander. „Du wirst sehen, Buffy ist 'ne Superheldin!"

Bei der Erwähnung ihres Namens runzelte die Superheldin die Stirn und fuhr mit einer Hand über Jesses Fesseln.

„Warte mal", sagte sie entschlossen.

Sie nahm das Rohrstück, das Jesse fallen gelassen hatte und zerschlug damit das Schloß der Kette. Das Hämmern hallte durch das gesamte Tunnelsystem. Xander zuckte zusammen und sah sie zweifelnd an.

„Meinst du, das hat jemand gehört?" murmelte er.

Aus dem Augenwinkel meinte Buffy etwas zu sehen, das sich genau vor dem Eingang zur Kammer bewegte . . . ein paar schwarze, undeutliche Gestalten, die dort in der Dunkelheit auf und ab gingen.

Sie bedeutete den anderen, ihr zu folgen.

„Sie wußten, daß du kommen würdest", teilte Jesse ihr besorgt mit. „Sie sagten, daß ich . . . daß ich der Lockvogel sei . . ."

„Wie nett, daß du uns das auch mal sagst!" grollte Xander.

„Ich hab ihren Anführer gesehen", fuhr Jesse fort. Er mußte keine Einzelheiten preisgeben – als Buffy und Xander ihn anschauten, verriet der reine Horror in seinen Augen alles, was er erlebt hatte.

Schnell führte Buffy sie durch den Tunnel zurück. Plötzlich blieb sie wie angewurzelt stehen.

Nun sahen Xander und Jesse ebenfalls die großen, undeutlichen, schattenhaften Gestalten, die am anderen Ende des Durchgangs vorüberzogen.

„*Uups*", machte Buffy.

Jesses Stimme zitterte vor Furcht. „O nein."

„Weißt du einen anderen Weg, wie wir rauskommen können?"

Jesse warf ihr einen verzweifelten Blick zu. „Ich weiß nicht, äh, vielleicht?"

„Dann kommt jetzt", befahl Xander.

Sie drehten sich um und eilten in die entgegengesetzte Richtung. Sie rannten bereits, als sie zu einer Kreuzung mit mehreren Tunneln kamen. Blitzschnell wählten sie einen aus und stürzten hinein. Aber sie hatten nicht mit dem gerechnet, was sie dort erwartete.

Die Augen vor ihnen leuchteten in der Dunkelheit.

Leise Stimmen und unterdrücktes Kichern ließ sie herum wirbeln. In Panik rannten sie ein Stück des Weges zurück, bis sie wieder an eine Kreuzung gelangten.

„Wartet doch mal!" rief Jesse atemlos. „Hier war ich schon mal! Es muß einen Weg nach oben geben. Hoffe ich wenigstens!"

Keiner hielt sich mit Diskussionen auf. Sie rannten einfach weiter.

Einen Augenblick später fanden sie sich in einer kleinen düsteren Kammer wieder. Zu spät sahen sie die Vampire, die sich ihnen langsam näherten – zu spät erkannten sie, daß es hier keinen Weg nach draußen gab. Zu spät stellten sie fest, daß sie in einer Falle saßen. In äußerstem Entsetzen suchten Xander und Buffy nach einer Fluchtmöglichkeit, doch es gab keine.

Buffy hörte, wie die Vampire näher und näher kamen. Verzweifelt sah sie sich nach ihren beiden Freunden um. „Ich glaube nicht, daß dies der Weg nach draußen ist!"

„Aber wir können nicht gegen diese Scheusale kämpfen. Es sind zu viele!" Xanders Stimme klang erschüttert. „Was sollen wir nur tun?"

„Ich hab eine Idee", meinte Jesse. Er stand direkt hinter Xander.

Doch als die anderen beiden sich umdrehten und ihn anschauten, sahen sie in ein unmenschliches Gesicht, ein Satansantlitz. Er blickte sie aus kalten leidenschaftslosen Augen an, und als er grinste, glänzten seine spitzen weißen Zähne in der Dunkelheit.

Buffy und Xander waren zu erschrocken, um etwas zu sagen.

Jesses Grinsen wurde breiter.

„Ihr könnt sterben“, sagte er.

18

Wie in Zeitlupe wich Xander langsam vor Jesse zurück, während Buffy fieberhaft versuchte, einen Ausweg zu finden. Als sie für einen Moment Jesse aus den Augen ließ und wieder auf den Eingang zur Kammer blickte, sah sie bereits die Schatten der Vampire über die Wände des Tunnels gleiten. Sie kamen unablässig näher.

„Jesse", sagte Xander in dem Versuch, zu seinem Freund durchzudringen. „Echt, das tut mir so leid ..."

Jesse blickte ihn mit einem triumphierenden, spöttischen Grinsen an. „Dir braucht nichts leid zu tun. Mir geht's super, Xander. Mir ging es nie besser! Ich fühle mich echt stark."

Während Xander mit Jesse redete, versuchte Buffy verzweifelt, die Tür zuzuschlagen – aber das schwere Eisen war völlig verrostet, und die Angeln bewegten sich nicht einen Millimeter weit.

„Ich hab jetzt 'n Draht", langsam schlich Jesse auf Xander zu, „zu allem auf der Welt. Ich kann sogar die Würmer in der Erde hören."

Xander brachte ein schwaches Nicken zustande. „Tja, das ist natürlich echt ein Gewinn."

„Ich weiß, was der Meister will. Ich diene seinen Zielen. Und das heißt, daß du jetzt stirbst, weil ich dein Blut trinken werde."

„Xander!" schrie Buffy. „Das Kreuz!"

Xander zögerte keine Sekunde. Er packte es fest

mit beiden Händen und hielt es Jesse vors Gesicht. Jesse blieb wie erstarrt stehen. Sein häßliches Grinsen erlosch.

Mit aller Kraft warf sich Buffy gegen die Tür. Endlich gab sie ein winziges Stück nach – aber schon vernahm sie die gleichmäßigen Schritte und das gedämpfte Kichern der Vampire aus dem Durchgang. Sie waren nur noch wenige Schritte vom Eingang des Tunnels entfernt, und in den tanzenden Schatten konnte Buffy flüchtig ein paar teuflisch grinsende Gesichter erkennen. Die Vampire waren ihres Sieges gewiß. Es konnte sich nur noch um Sekunden handeln.

„Jesse!" Xander konnte immer noch nicht einsehen, daß sein Freund verloren sein sollte. „Wir sind doch alte Kumpel. Kannst du dich denn überhaupt nicht erinnern?"

„Du bist nur noch ein Schatten für mich!" fauchte Jesse.

Xander ging mit hocherhobenem Kreuz auf ihn zu. „Dann geh mir aus den Augen!"

Jesse war außer sich vor Zorn. Er stolperte rückwärts, als Xander ihn zwang, in Richtung des Eingangs auszuweichen.

Mit einer letzten großen Anstrengung warf sich Buffy gegen die Tür. Sie sah, daß sich die Vampire im Tunnel versammelten, daß sie immer mehr wurden. Und sie kamen näher . . . immer näher . . .

Jesse holte aus und schlug Xander das Kreuz aus der Hand. Er grinste hämisch – doch nur eine Sekunde lang. Dann hatte ihn Buffy schon von hinten gepackt und schleuderte ihn aus der Kammer, wobei er die anderen Vampire wie Kegel niedermähte.

Xander stand da und starrte sie nur ungläubig an.

„Hilf mir!" schrie Buffy.

Xander löste sich aus seiner Erstarrung, und gemeinsam preßten sie ihre Rücken gegen die Tür. Endlich gab das verrostete Eisen mit einem langen Stöhnen nach. Nur noch wenige Zentimeter fehlten, bis die Tür ins Schloß fallen würde. Nur noch wenige Zentimeter trennten sie von der Sicherheit.

Doch genau diese Zentimeter waren zu viel: Der Arm schoß ohne Vorwarnung herein. Die Klauenhand tastete nach ihren Gesichtern, versuchte sie herauszuzerren.

Buffy zog die Tür einen Spaltbreit auf und schlug die stahlharte Eisenkante wieder und wieder gegen den Arm. Endlich wurde er zurückgezogen, und Buffy schob den Riegel vor. Dann wandte sie sich zu Xander um.

Er war ebenso außer Atem wie sie. Das blanke Entsetzen über Jesses Veränderung stand in seinen Augen. „Ich kann es einfach nicht glauben", stotterte er. „Wir sind zu spät gekommen."

Ein Schlag, der mehrfach nachzuhallen schien, erschütterte die Tür. Die Vampire versuchten sie aufzubrechen.

„Wir müssen hier raus", stellte Buffy grimmig fest.

„Es gibt aber keinen Weg raus!"

Ein neuerlicher Schlag erschütterte den Türrahmen. Voller Entsetzen bemerkte Buffy, daß die Türangeln dem Druck nicht standhielten, sie waren bereits verbogen. Sie blickte sich im Raum um, ihre Gedanken rasten. Überall lag Schrott herum. Sie ging umher, hob einzelne Teile auf und warf sie wieder weg, immer auf der Suche nach einer Möglichkeit zur Flucht.

Xander untersuchte ebenfalls jede noch so finstere Ecke des kleinen Raums. Sein Blick glitt über die Wände. Und auf einmal entdeckte er etwas hoch oben über ihnen. Es sah aus wie ein Belüftungsschacht. Wegen der Dunkelheit konnte er nur undeutlich ein Gitter erkennen.

„Was ist das?" fragte er Buffy.

Sie blickte nun auch nach oben und stellte anschließend die Kiste, die sie gerade in der Hand gehalten hatte, auf dem Boden ab, um sie als Trittbrett zu benutzen. Sie stieg auf die umgedrehte Kiste und langte tatsächlich an das Gitter heran. Ihr Herz schlug für einen Moment schneller, als sie feststellte, daß es tatsächlich ein Belüftungsschacht war. Und er war breit genug zum Durchklettern!

Mit bloßen Händen stemmte Buffy das Gitter auf. Sie versuchte, dabei nicht auf den Lärm der Vampire hinter sich zu achten, nicht auf das Schlagen und Hämmern oder das Quietschen der herausbrechenden Türangeln zu hören . . .

Xander behielt die Tür wachsam im Auge, als stünde er Schmiere, obwohl er ohnehin nichts gegen die Vampire ausrichten konnte.

Die Tür hing nur noch in den Angeln. Der Spalt war gerade so breit, daß ein Vampir seine Finger hindurchstecken konnte, gerade so breit, daß ein Vampir mit einem kräftigen Griff . . .

Buffy riß das Gitter heraus und warf es auf den Boden.

„Komm!" schrie sie.

Der Vampir schoß regelrecht aus dem Belüftungsschacht hervor. Ein verwester Arm kam geradewegs auf Buffy zu, und schuppige Finger schlossen sich um ihren Kopf.

In diesem Moment gab auch die Tür hinter ihnen ihren Widerstand auf. Das Gesicht eines Vampirs zwängte sich durch den immer breiter werdenden Spalt und grinste sie selbstgefällig an.

Buffy riß den Vampir aus dem Schacht, der über sie hinweg segelte und unsanft auf dem Boden aufschlug. Sie sprang auf die Kreatur und hielt sie mit den Knien auf den Boden gedrückt, während sie den Pfahl aus ihrer Jacke hervorzog. „Hau ab!" schrie sie Xander an.

Xander widersprach nicht. Er raste an ihr vorbei und kletterte auf die Kiste, während Buffy den Pfahl in den Rücken des Vampirs bohrte. Mit zitternden Fingern richtete Xander den Strahl der Taschenlampe in den Schacht.

Dort war nichts. Der Schacht schien – zumindest im Augenblick – leer zu sein.

Mit einem letzten Blick auf Buffy kletterte Xander in den Schacht und kroch nach oben in die Freiheit. Hinter sich hörte er die Vampire in die Kammer strömen.

Im letzten Augenblick sprang Buffy in die Höhe und klammerte sich an dem Eingang zum Belüftungsschacht fest. Dann zog sie sich hinauf und folgte Xander.

Die Vampire blieben ihnen dicht auf den Fersen.

Sie krabbelten auf allen vieren vorwärts und lauschten auf die Geräusche, die die Kreaturen hinter ihnen verursachten, während einer nach dem anderen seinen verfaulenden Leib in den schmalen Schacht drängte und sich ebenfalls an den Aufstieg machte.

Buffy hatte keine Ahnung, wo sie und Xander sich befanden, aber plötzlich verbreiterte sich der Tunnel zu einem viel größeren Raum, in dem eine Leiter nach oben führte. Hoch über ihnen schickte die Sonne ihre Strahlen durch ein Gitter.

Xander blickte über die Schulter zu Buffy.

„Hoch?“

„Klar!“

Sie verloren keine Sekunde. Buffy hielt sich dicht hinter Xander. Als er oben angelangt war, stieß er das Gitter auf und schwang sich auf die verlassene Straße. Sofort drehte er sich um und reichte Buffy die Hand, um ihr hinauszuhelfen. Seine Hand schloß sich fest um ihre.

Sie hatte es schon fast geschafft, als sie plötzlich spürte, wie sich schuppige Krallenfinger um ihren Knöchel schlossen. Der Vampir versuchte, sie ins Loch zurückzuzerren.

Xander hatte nun den Arm um ihre Taille gelegt und verstärkte seine Bemühungen, sie in das rettende Licht der Nachmittagssonne zu ziehen. Auch Buffy wehrte sich gegen den Sog an ihrem Bein, und schließlich schwang sie sich über den Erdboden.

Die Finger um Buffys Knöchel lockerten ihren Griff. Kleine Rauchwolken stiegen auf, und es stank scheußlich nach verbranntem Fleisch. Mit einem qualvollen Schrei wurde die Hand in die Dunkelheit zurückgezogen.

Buffy rollte sich zur Seite, und Xander schob das Gitter wieder über den Schacht. Keiner sagte etwas, keiner bewegte sich. Sie lagen nur da, Seite an Seite, entsetzt und erschüttert, und versuchten wieder zu Atem zu kommen.

19

Der Meister erhob sich langsam und würdevoll von seinem Thron. Seine Miene war grimmig, und in seinen Augen lag ein gefährlicher Glanz.

Ein paar Vampire standen mit ängstlichen Gesichtern vor ihm, und er nahm sich Zeit, spielte mit ihrer Furcht, ließ seinen gnadenlosen Blick langsam über jeden einzelnen gleiten.

„Sie ist entkommen", sprach er endlich. „Sie hat sich befreit, während ich genau in diesem Augenblick ihr Herzblut trinken sollte. Ihr wart nachlässig."

Ein Vampir namens Colin fand schließlich den Mut zu sprechen. „Meister, wir hatten sie schon in der Falle", versuchte er zu erklären, doch ein Blick seines Herrn gebot ihm Schweigen.

„Willst du mir etwa eine Entschuldigung auftischen?" zischte er. „Ihr seid alle zu schwach. Es ist zu lange her, seit ihr zuletzt einem Jäger gegenübergetreten seid." Er dachte einen Augenblick nach und fügte hinzu: „Aber für mich ist es gleich. Sie wird die *Ernte* nicht aufhalten. Es bedeutet nur, daß es jemanden geben wird, der es wert ist, getötet zu werden, wenn ich an die Oberfläche komme."

Er trat einen Schritt auf Colin zu und beugte sich zu seinem Gesicht herab.

„Ist Luke bereit?" fragte der Meister.

Colin nickte. „Er wartet auf Euch."

Der Meister schien erfreut. Er nickte kaum merklich einem der anderen Vampire zu, der mit gesenktem Kopf daneben stand.

„Es ist Zeit", verkündete der Meister. „Bringt ihn zu mir." Und als wäre es ihm eben erst eingefallen, fuhr er fort: „Und du, Colin, hast deine Aufgabe nicht erfüllt." Seine Stimme vibrierte vor Bosheit. „Sag mir, daß es dir leid tut."

Colin fühlte einen Stich der Furcht. „Es tut mir leid", flüsterte er.

„Na siehst du." Der Meister nickte. „Das war doch gar nicht so schwer. Oh, warte mal . . ."

Er stieß seinen Finger heftig in Colins Gesicht. Colin schnappte vor Schmerz nach Luft. Ein Augapfel war zerplatzt und lag nun als matschiger Klumpen tief in der Augenhöhle.

Der Meister lächelte ihm zu. „Du hast da was im Auge."

20

Giles brütete immer noch über seinen Aufzeichnungen. Als sich die Tür zur Bibliothek öffnete, sah er hoffnungsvoll auf.

„Buffy?“

Willow schüttelte mit schuldbewußter Miene den Kopf. „Nein, ich bin's nur. Sie haben also noch nichts gehört?“

Giles machte ein enttäuschtes Gesicht. „Bis jetzt noch nicht.“ Er sah müde aus, als er die Brille abnahm.

„Also, ich bin sicher, daß es ihnen gutgeht“, sagte Willow in dem Versuch, sowohl Giles als auch sich selbst zu trösten.

„Hast du irgend etwas Interessantes gefunden?“ fragte er.

Das Mädchen setzte sich und breitete die Kopien der Zeitungsartikel vor dem Bibliothekar aus, damit er sie überfliegen konnte.

„Vielleicht. Ich habe mir die alten Zeitungen vorgenommen, so um den Zeitpunkt des großen Erdbebens von siebenunddreißig.“ Willow legte den Finger auf eine der Seiten. „Und einige Monate vorher gab es eine Mordserie.“

„Sehr gut!“ Giles richtete sich auf und setzte die Brille wieder auf die Nase. „Ich meine, natürlich nicht gut, aber . . . Weiter!“

Gehorsam blätterte Willow in den Artikeln. „Es klingt nach dem, was Sie suchen. Die Zeitungen berichten von blutigen Kehlen. Die Mordserie hat Monate angedauert, und es gab nicht die geringste Spur."

„Es paßt alles zusammen." Giles nickte. Dann warf er ihr einen besorgten Blick zu. „Und ich wünschte, es wäre nicht so."

Die Zeit war reif. Die *Ernte* stand endlich bevor. Darla entzündete die letzte Kerze ihrer Reihe im hinteren Teil der Kirche. Dann schritt sie feierlich mit einer brennenden Kerze in der Hand nach vorn, und im gleichen Augenblick zündete ein anderer Vampir die letzte Kerze in seiner Reihe an, die der von Darla gegenüberstand. Die flackernden Flammen warfen unheimliche Schatten auf die versammelte Gemeinde. Die beiden Kerzenreihen liefen über die gesamte Länge des Kirchenschiffs bis zum Altar, wo der Meister wartend stand.

Wieder erfüllte Gesang die Ruine. Und doch war es kein Gesang – eher ein leises, urtümliches Wispern, das einem das Blut in den Adern gefrieren ließ . . .

Luke löste sich aus den Reihen der Anhänger und legte sein Hemd ab. Er trat vor den Altar und kniete demütig vor seinem Meister nieder. Als der Meister die Hand ausstreckte, küßte Luke sie, und als der Meister die Handfläche nach oben drehte, küßte Luke auch diese.

Dann senkte er seinen Mund langsam nieder und bohrte seine Zähne tief in die Adern des Handrückens.

Der Meister zuckte zusammen. Er schloß die Augen und fühlte, wie Jahrhunderte ihn durchströmten. Während Luke saugte, warf er vor Lust und Qual den Kopf in den Nacken.

„Mein Blut wird nun mit deinem vermischt", sagte der Meister. „Meine Seele ist deine Heimat."

„Mein Körper ist Euer Werkzeug", murmelte Luke, bevor er sich demutsvoll zurückzog.

Der Meister tauchte einen Finger in das Blut auf seinem Handrücken und malte mit einem Tropfen einen dreizackigen Stern auf Lukes Stirn.

Er betrachtete seine Anhänger. Dann sprach er: „In dieser heiligsten aller Nächte sind wir eins. Luke ist das *Gefäß*. Jeder Körper, den er nimmt, wird mich nähren. Ihre Seelen werden mir die Kraft geben, mich zu befreien." Ein Lächeln breitete sich auf seinem Gesicht aus. Seine Augen verengten sich in lüsterner Vorfreude. „Heute nacht werde ich über die Erde schreiten, und die Sterne werden ihr Antlitz verhüllen."

Buffy und Xander schleppten sich erschöpft in die Bibliothek. Giles und Willow betrachteten mit offenem Mund ihre derangierte Erscheinung, und ihnen wurde klar, daß die Suche fruchtlos gewesen war.

Trotzdem konnte Willow nicht umhin zu fragen: „Habt ihr Jesse gefunden?" Obwohl sie insgeheim die Antwort kannte.

Xander antwortete ihr mit einem knappen „Ja", wobei er sie nicht einmal anblickte.

„Gefunden haben wir ihn", bemerkte Buffy und ließ sich schwer auf einen Stuhl fallen. Auf ihrem Gesicht spiegelte sich Wut und Bedauern. „Es tut mir leid, Willow. Wir kamen zu spät. Sie haben schon auf uns gewartet."

Willow schüttelte den Kopf. „Wenigstens ist euch nichts passiert."

„Ich kann Vampire nicht ausstehn!" brach es aus Xander hervor. Er zielte mit dem Fuß auf einen Abfalleimer und trat wütend zu. „Ich werde 'ne Rede halten und allen sagen, was für gräßliche Typen das sind."

Buffy wandte sich an den Wächter. „Nun, Giles, haben Sie noch etwas für uns, um uns endgültig den Tag zu verderben?"

„Wie wär's mit dem Ende der Welt?" erwiderte er ruhig.

„Ich wußte ja, daß ich auf Sie zählen kann."

Unbeeindruckt fuhr Giles fort: „Vor ungefähr sechzig Jahren kam ein sehr alter, sehr mächtiger Vampir in unsere Gegend, und er war nicht nur auf Blut aus."

Buffy setzte sich auf den Tisch. Sie stützte das Kinn in die Hände. „Er kam, weil diese Stadt irgendein mystisches Dingsbums ist?"

„Genau. Die ersten Siedler hier, die Spanier, nannten sie *Boca del Infierno*, was man mit ‚Höllenschlund' übersetzen könnte." Giles durchwanderte den Raum mit langen Schritten. „Eine Art Tor aus unserer Wirklichkeit in eine andere. Der Vampir hoffte, es öffnen zu können."

„Um die Dämonen zurückzubringen."

„Und das Ende der Welt herbeizuführen", stellte Xander klar.

„Aber er hat's vermasselt", schaltete sich Willow

ein. „Da war ein Erdbeben, das ungefähr die Hälfte der Bevölkerung das Leben kostete. Und offenbar ihn auch – zumindest gab es danach keine Morde mehr, die nach Vampiren aussahen."

Giles sah nachdenklich aus, als er sich einen Stuhl zurechtrückte. „Ein Tor in eine andere Dimension zu öffnen ist eine schwierige Angelegenheit. Ich wette, daß er irgendwie hängengeblieben ist – wie ein Korken in einer Flasche."

„Und diese Ernteangelegenheit soll ihn da rausholen?" fragte Xander.

„Das Ritual findet einmal in hundert Jahren statt. Und in unserem Jahrhundert in dieser Nacht." Giles stand auf und ging zu einer Tafel, wo er ein paar geheimnisvolle Diagramme aufgezeichnet hatte. Nun begleitete er seine Erklärung mit der Zeichnung weiterer Diagramme.

„Ein Meister kann Kraft aus einem seiner Gefolgsleute ziehen, während dieser an seinem Opfer saugt. Genug Kraft, um sich aus dem Bann zu lösen und das Tor zu öffnen. Dieser treue Gefolgsmann wird das *Gefäß* genannt, und er trägt dieses Zeichen." Er schwieg und zeigte auf ein Bild des dreizackigen Sterns.

„Aha", machte Buffy. „Dann hau ich jedem, der mit diesem Zeichen durch die Gegend läuft, eine rein, und die *Ernte* ist gelaufen!"

„Wenn man es so einfach sehen will", erwiderte Giles, „ja."

„Haben Sie irgendeinen Hinweis, wo diese nette kleine Party stattfindet?"

„Tja, es gibt da 'ne ganze Reihe Möglichkeiten ..."

Bevor Giles sie aufzählen konnte, wurde er von Xander unterbrochen.

„Sie gehen ins *Bronze*, ist doch klar."

Im Zimmer wurde es still. Alle starrten ihn an.

„Bist du sicher?" Willow war blaß geworden

Xander zuckte die Schultern. „Überleg doch mal!" Für Xander lag der Fall anscheinend klar auf der Hand. Und er hatte auch Argumente: „Die vielen süßen kleinen Happen, die da rumlaufen. Außerdem ist Jesse ganz bestimmt da. Ihr könnt mir ruhig glauben."

Giles nickte. Offenbar hatte Xanders Theorie ihn überzeugt. „Dann müssen wir auch dorthin." Die Stimme des Bibliothekars klang gepreßt. „Bald geht die Sonne unter."

Als sie gemeinsam auf den Korridor hinaustraten, ließ Buffy sie stehen und rannte in die andere Richtung davon.

„Ich muß noch was holen!" rief sie ihnen zu. „Dauert nicht lange."

„Was denn?" erkundigte sich Giles.

Buffy lächelte geheimnisvoll. „Nachschub."

21

Die Dämmerung hatte bereits eingesetzt. Die letzten blutroten Strahlen der Sonne fielen durch Buffys Fenster, und die Sonne würde bald hinter dem Horizont verschwunden sein.

„Buffy?" Joyce Summers' Stimme drang aus dem Flur in Buffys Zimmer.

Buffy hörte sie, gab aber keine Antwort. Sie wühlte weiter im Schrank herum, als ihre Mutter das Zimmer betrat.

Wenn du schon als Jägerin geboren bist, dachte sie, mußt du auch so aussehen. Da kannst du nicht in irgendwelchen alten Klamotten zur Ernte gehen . . .

Die braune Jacke, beschloß sie endlich. Die Lederjacke. Die muß es sein.

„Gehst du aus?" fragte ihre Mutter, die nun hinter ihr stand.

Buffy hörte die Sorge, die aus ihrer Stimme sprach. Sie sagte so beiläufig wie möglich: „Ich muß."

Ein Schweigen entstand. Dann sagte ihre Mutter ebenso beiläufig: „Ich hab dich gestern nacht nicht nach Hause kommen hören."

Buffy dachte blitzschnell nach. „Ich war auch leise."

Diesmal war das Schweigen nicht mehr freundlich. Buffy spürte die Enttäuschung ihrer Mutter. „Es ist wieder soweit, nicht wahr?" seufzte Joyce.

Buffy hörte auf, im Schrank herumzuwühlen. Sie richtete sich auf, drehte sich um und sah ihrer Mutter ruhig in die Augen.

„Ich habe einen Anruf von deinem neuen Schulleiter erhalten", fuhr Joyce fort. „Er meinte, du hättest heute ein paar deiner Kurse verpaßt."

„Ich war ... etwas besorgen." Buffy lächelte kurz und wandte sich wieder dem Schrank zu. Sie zog einen alten Koffer heraus, öffnete ihn und durchsuchte seinen Inhalt. Sie meinte, die Blicke ihrer Mutter in ihrem Rücken zu spüren.

„Wir haben noch nicht einmal zu Ende ausgepackt, und schon kriege ich Anrufe von deinem Schulleiter." Joyces Stimme klang sorgenvoll.

„Mom, ich verspreche dir, es wird nicht wie früher." In Buffys Stimme mischte sich ein Anflug von Verzweiflung. „Aber ich muß jetzt gehen."

„Nein."

Buffy traute ihren Ohren nicht. „Mom?" Sie warf einen Blick in Richtung des Fensters, auf die sich rasch ausbreitende Dunkelheit.

Linkisch, aber entschlossen hielt Joyce die Stellung.

„Ich habe gelesen, daß ich mich daran gewöhnen muß, dir auch mal etwas zu verbieten", erklärte sie Buffy, als müßte sie sich verteidigen. „Es bleibt bei ‚Nein'."

„Es ist wirklich unheimlich wichtig", sagte Buffy nun flehentlich.

„Ich weiß. Du mußt heute ausgehen, oder es ist das Ende der Welt. Mit sechzehn geht es immer gleich um Leben oder Tod."

„Mom, ich hab jetzt keine Zeit, darüber zu reden."

„Du hast die ganze Nacht Zeit, Buffy. Du gehst nirgendwohin. Meinetwegen kannst du hier oben bleiben und schmollen, wenn dir danach zumute ist. Ich trage es dir nicht nach.“ Joyce holte tief Luft und legte ihrer Tochter beide Hände auf die Schultern. „Aber wenn du runterkommen willst, mach ich uns was zum Abendessen.“

Sie verließ das Zimmer und schloß die Tür leise, aber nachdrücklich. Buffy starrte einen Augenblick hinter ihr her, dann schüttelte sie den Kopf und griff in ihren Koffer.

Dort waren alle ihre Schätze: Fotos, Briefe, ein Tagebuch, Kindheitsandenken . . .

Ihre Finger glitten über den Kofferboden, dann hob sie ihn heraus. Niemand außer ihr wußte, daß der Koffer einen doppelten Boden hatte. Und niemand außer ihr hatte je das Geheimfach darunter gesehen. Und niemand außer ihr wußte etwas von den Pfählen und den Kreuzen, der Hostie, dem Knoblauch oder dem Krug mit dem Weihwasser. Rasch raffte sie alles zusammen und stopfte es in eine Tasche.

Fast ehrfürchtig zog Buffy einen besonderen todbringenden Pfahl hervor. Er lag in ihrer Hand, als sei er für sie geschaffen, als bildete er eine Verlängerung ihres Arms. Diesen Pfahl ließ sie vorsichtig in ihren Ärmel gleiten.

Sie stand auf und ging zur Tür, preßte ihr Ohr gegen das Holz. Eine Weile stand sie reglos da und lauschte. Dann schlich sie auf Zehenspitzen zum Fenster, öffnete es und kletterte hinaus in die Nacht.

22

„Ältere Jungs sind die einzigen, die sich lohnen", sagte Cordelia blasiert. Sie hielt wieder hof – diesmal im *Bronze* – und saß mit ihren Anhängerinnen, die sie bewundernd umringten, an einem Tisch auf der Galerie.

„Die sind einfach eine Klasse besser", fuhr Cordelia fort. „Aber die Jungs aus unserer Stufe – vergiß es. Das sind doch noch Kinder. So wie Jesse. Habt ihr ihn gestern abend gesehen?" Sie verdrehte die Augen voller Belustigung und Verachtung. „Er folgt mir überallhin. Wie ein kleiner Hund. Das weckt höchstens Mutterinstinkte!" Sie beugte sich vor und sah ihre Gefolgschaft überlegen an. „Ältere Jungs sind geheimnisvoll, sie haben so ein . . . wie heißt das noch mal? Na ja, egal. Jedenfalls haben sie Autos."

Raine, die neben ihr saß, öffnete den Mund. Doch Cordelia unterbrach sie, bevor sie das erste Wort ausgesprochen hatte.

„Ich bin einfach nicht der Typ, der sich bindet", erklärte sie. „Wenn ich in eine Boutique gehe, muß ich immer das Teuerste haben, und zwar nicht, weil es *teuer* ist, sondern weil es mehr *kostet*."

Wieder versuchte Raine etwas zu sagen. Und wieder schnitt ihr Cordelia das Wort ab.

„Kann ich meinen Satz bitte wenigstens noch beenden?" Sie warf ihr einen tödlichen Blick zu. „Oh! Mein Lieblingsstück!"

Sie sprang auf und eilte mit ihren Freundinnen im

Schlepptau die Treppe hinunter zur Tanzfläche. Selbstgefällig sonnte sie sich in den bewundernden Blicken des männlichen Publikums und dem neidischen Starren der anderen Mädchen. Sie wußte, daß sie phantastisch aussah.

Das war der Moment, in dem Jesse das *Bronze* betrat. Nicht der Jesse, den Cordelia gekannt und verachtet hatte; dieser Jesse war ein neuer Mann.

Er stolzierte nun cool, fast angeberisch daher, und in seinen Augen lag ein unerschütterliches Selbstbewußtsein.

Er blickte geradewegs zu Cordelia.

Und grinste.

Vor dem Eingang des *Bronze* war es relativ ruhig. Ein paar Nachzügler standen lässig an die Wand gelehnt und unterhielten sich lachend, doch sonst war die Straße menschenleer.

Zuerst bemerkte niemand die acht schattenhaften Gestalten, die ohne Eile die Straße überquerten. Ihre Gesichter waren in dem trüben Schein der flackernden Straßenlaternen nicht zu erkennen, und keiner von ihnen sagte ein Wort. Nicht einmal Luke.

Jesse strich langsam durch die Menge und drehte einen Kreis um Cordelia, wobei er sie nicht aus den Augen ließ. Doch erst nach einigen Minuten erregte sein brennender intensiver Blick ihre Aufmerksamkeit.

Als ihr plötzlich klar wurde, wer sie da so fixierte, starrte sie ihn nur verblüfft an.

Er hatte sich irgendwie verändert.

Es war etwas, das sie nicht genau benennen konnte, aber auf jeden Fall war es auf eine seltsame Weise verführerisch.

Das Stück – ihr Lieblingsstück – war zu Ende. Cordelia hörte auf zu tanzen und eilte von der Tanzfläche.

Und unversehens war er da. Er stand direkt vor ihr und versperrte ihr den Weg. Er lächelte sanft – und wissend.

„Was willst du denn?" fragte Cordelia drohend.

Doch sie konnte niemanden täuschen; sich selbst nicht, und Jesse erst recht nicht. Wortlos nahm er ihre Hand und führte sie zurück auf die Tanzfläche.

„Hey!" widersprach Cordelia. „Hey, du Neandertaler! Wofür hältst du dich?"

Er wandte sich zu ihr um und sah sie mit einem unwiderstehlichen Lächeln an.

„Halt den Mund", sagte er nur.

Sie hätte nie gedacht, daß er so gut tanzen konnte. Er führte sie in die Mitte der Tanzfläche, hielt sie an der Hand und drehte sich im perfekten Einklang zum Rhythmus der Musik. Er berührte sie kaum, und doch war seine Nähe verführerisch und lustvoll.

Cordelias Herz klopfte wie wild. Sie konnte spüren, wie ihr Widerstand dahinschmolz.

„Nur diesen einen Tanz", murmelte sie und drückte sich enger an Jesse.

Sie sahen ihn, bevor er sie entdeckte. Der muskelbepackte Rausschmeißer stand im Vollgefühl seiner Wichtigkeit am Eingang und versuchte sie aufzuhalten, als sie auf die Tür zustrebten.

„Ich brauche eure Pässe", sagte er.

Sie gaben keine Antwort, und sie blieben auch nicht stehen. Der Rausschmeißer hatte keine besondere Lust auf Scherereien und versuchte es noch einmal mit erhobener Stimme.

„Hey! Hier geht keiner rein, bevor ich nicht . . ."

Luke hatte keine Zeit für Drohungen. Er packte den Türsteher und zog ihn zu sich heran. Nun schien der junge Mann nicht mehr so tapfer zu sein wie zuvor. Luke spürte, wie er zitterte.

„Geht hinein", knurrte Luke.

Die Vampire verloren keine Zeit. Zwei postierten sich am Haupteingang, die anderen verteilten sich auf die Nebenausgänge und im Raum. Darla stellte sich vor der Tür zum Bühneneingang auf. Ein anderer Vampir ging zur Bar, schwang sich über die Theke und blockierte den Ausgang dort. Während ein weiterer sich auf die Galerie begab, kletterte Luke auf die Bühne.

Darla vergewisserte sich noch einmal, daß die Tür verschlossen war. Dann öffnete sie den Sicherungskasten an der Wand und legte den Schalter um. Prompt erloschen alle Scheinwerfer, und die Musik erstarb.

Während die Besucher des *Bronze* noch verwirrt um sich blickten, ertönte eine Stimme von der Bühne.

„Meine Damen und Herren", verkündete Luke. „Es besteht kein Grund zur Panik."

Ein einzelner Scheinwerfer verbreitete seinen Lichtkegel auf dem Podest. Der ungeteilten Aufmerksamkeit seines Publikums gewiß, trat Luke nun in den Lichtkreis und stellte sich vor die verunsicherten Jugendlichen.

„Im Grunde besteht natürlich doch ein Grund zur Panik.“ Seine Lippen verzogen sich zur schauerlichen Karikatur eines Lächelns. „Aber das spielt keine Rolle.“

Er sah in die ungläubigen und erschrockenen Gesichter. Er spürte ihre Schwäche, ihre wachsende Panik wie Wellen, die durch seine Adern jagten, und labte sich daran – es diente allein dazu, ihn noch stärker zu machen.

Ein zu Tode erschrockenes Pärchen versuchte zu fliehen. Luke grinste, als er sah, wie der Vampir vor der Tür freundlich den Kopf schüttelte. Sein Gesicht war ebenso scheußlich wie Lukes, und das Pärchen wich erschrocken vor ihm zurück.

Cordelia starrte auf die Bühne. Jesses Hände ruhten immer noch auf ihren Schultern.

„Ich dachte, heute abend spielt keine Band“, sagte sie verständnislos.

Sie drehte sich um und schaute Jesse an – und schrak zurück, als sie die schreckliche Veränderung wahrnahm, das neue scheußliche Gesicht. Sie versuchte sich loszumachen, aber er hielt sie fest und zog sie in die Dunkelheit unter der Treppe.

„Dies ist eine glorreiche Nacht!“ rief Luke von der Bühne herunter. Seine hungrigen Augen schweiften über das Meer aus Gesichtern. „Und es ist die letzte, die ihr erleben werdet.“ Es folgte ein Moment der Spannung, des verständnislosen Schweigens.

Dann befahl Luke: „Bringt mir den ersten!“

Mit höhnischem Grinsen sah er zu, wie der Rausschmeißer auf die Bühne gebracht wurde.

„Was wollt ihr Typen bloß?“ fragte der junge

Mann naiv. „Wollt ihr Geld? Mann, was ist denn mit euren Gesichtern passiert?"

Luke packte ihn am Genick und erstickte jede weitere Unterhaltung.

„Seht her, Leute!" schrie er. Und während er auf sein zappelndes Opfer deutete, fuhr er fort: „Seine Furcht ist mein Lebenselixier. Sie ist fast so gut wie Blut."

Mit einem geübten Ruck biß Luke in den Hals des jungen Mannes und trank seinen Lebenssaft in gierigen, satten Schlucken. Er spürte, wie ihn warmer roter Nebel einhüllte, wie sein Meister mit jedem Schluck stärker und stärker wurde, wie die Macht der Jahrhunderte durch die Adern des Meisters strömte und ihn wie ein göttliches Licht leuchten ließ . . .

Ein paar Augenblicke später warf er den Kopf zurück und schleuderte den Körper des jungen Mannes wie eine leere Blechbüchse zur Seite.

„Der nächste!" brüllte er.

23

Die Straße war wie leergefegt, als Buffy und ihre Begleiter endlich vor dem *Bronze* eintrafen. Buffy bemühte sich, den Haupteingang zu öffnen, aber die Tür gab keinen Millimeter nach.

„Sie ist verriegelt", erklärte sie den anderen.

Giles sah fast so aus, als müßte er sich übergeben. „Wir sind zu spät gekommen."

„Ich konnte schließlich nicht wissen, daß ich Hausarrest kriegen würde!" schrie Buffy.

„Kannst du sie aufbrechen?" wollte Xander wissen, aber Buffy schüttelte nur den Kopf.

„So eine Tür bestimmt nicht. Versucht ihr es an einem der hinteren Eingänge. Ich werde schon einen anderen Weg finden, um reinzukommen."

„Na schön." Giles blickte von Xander zu Willow. „Gehen wir."

„Hey, Leute!" rief Buffy hinter ihnen her. Sie blieben stehen. Buffy reichte ihnen die Tasche. „Ihr macht den Ausgang frei und verhelft den Leuten zur Flucht", erteilte sie ihre Anweisungen. „Das ist alles. Versucht nicht, die Helden zu spielen."

„Wir sehen dich dann drinnen", versprach Giles.

Während sie um die Ecke des Gebäudes bogen, rannte Buffy in die entgegengesetzte Richtung. Ihre Miene war grimmig, während sie prüfend das Dach des Hauses betrachtete.

Giles und die anderen brauchten nur eine Minute, um den nächsten Ausgang zu erreichen. Xander versuchte die Tür zu öffnen, aber auch sie war zugesperrt. Verzweifelt sahen sie sich nach einem Gegenstand um, mit dem sie die Tür aufbrechen konnten.

„Verdammt!" stieß Xander aus. „Wir müssen unbedingt da rein, bevor Jesse noch mehr Blödsinn anstellt!"

„Xander", mahnte Giles. „Jesse ist tot. Daran mußt du denken, wenn du ihn siehst." In sanfterem Ton fuhr er fort: „Er ist nicht mehr dein Freund, sondern das Ding, das ihn getötet hat."

Der Meister hatte mehr Macht gewonnen. Sein ganzes Wesen schien vor Energie zu leuchten. Er besaß unerschütterliche Kraft, ewiges Leben.

Wieder einmal trat er zu der mystischen Wand, die ihn einschloß. Und wieder einmal legte er die Hände darauf und übte Druck auf sie aus.

Langsam, ganz langsam wurde sie brüchig. Es reichte noch nicht, doch bald schon würde sich das geändert haben. Bald schon würde er noch stärker sein, stark genug, um sich zu befreien.

„Fast frei", murmelte er. Er schloß die Augen, und seine Stimme hallte durch die verfallene Kirche. „Ja! Gib mir mehr!"

Luke gehorchte. Im Taumel der Macht ließ er den nächsten Körper fallen und blickte seine Geiseln an.

Sie waren nun wirklich vor Angst wie gelähmt. Nachdem zwei Leichen zu seinen Füßen lagen, war ihnen die Wirklichkeit und die absolute Hoffnungslosigkeit ihres Schicksals bewußt geworden. Luke genoß die Schreie und die mitleiderregenden

Schluchzer, die aus der Menge zu ihm auf die Bühne drangen.

In einem Winkel unter der Treppe stand Darla Jesse gegenüber. Er hielt immer noch Cordelias Hand, und er war nicht gewillt, sie aufzugeben.

„Die hier gehört mir!" wagte er Darla ins Gesicht zu sagen.

Darla hatte keine Zeit für seine Spielchen. „Sie sind *alle* für den Meister", erklärte sie ihm, entwand die fassungslose Cordelia seinem Griff und schleppte sie zur Bühne.

Jesse klang enttäuscht. „Und ich kriege keine ab?"

Niemand sah es, als das Fenster am oberen Ende der Treppe geöffnet wurde – das Fenster hinter der Galerie, auf der ein Vampir Wache stand, aber seinen Posten nicht gewissenhaft versah. Offenbar rechnete er mit keiner Gefahr, denn er hatte dem Fenster den Rücken zugekehrt. Keiner bemerkte Buffy, und keiner hinderte sie an ihrem Eindringen.

„Ich fühle, wie er sich erhebt!" rief Luke. „Ich brauche noch einen!"

Buffy starrte auf den dreizackigen Stern, den er auf der Stirn trug.

„Das *Gefäß*", flüsterte sie.

Doch dieses Mal hörte sie der pflichtvergessene Vampir. Er drehte sich um und packte sie mit festem Griff. Buffy hatte noch nicht einmal Zeit zu erschrekken.

Das war's, dachte sie, das nächste Opfer werde ich sein.

„Heute nacht ist *seine* Auferstehung", teilte Luke den entsetzten Zuschauern mit. „Heute nacht wird eure Geschichte enden und unsere neu beginnen! Ihr seid ein glorreiches Opfer! Ihr genießt die heiligste Erniedrigung, die es für euresgleichen gibt." Er hielt inne und ließ seinen teuflischen Blick von einem Gesicht zum nächsten wandern.

„Wie, keine Freiwilligen?" spottete er.

„Hier ist eine besonders Hübsche", rief Darla Luke zu.

„*Neeein*!" Cordelia wehrte sich, doch ohne Erfolg. Sie begann zu weinen, doch Darlas Herz konnte man nicht erweichen. Sie schleppte Cordelia zur Bühne und überließ sie Luke.

Das Geschehen an der Bühne hatte Buffys Angreifer für eine Sekunde abgelenkt. Mit einer blitzschnellen Bewegung entschlüpfte sie seinem Griff und versetzte ihm einen Stoß, der ihn über das Geländer der Galerie stürzen ließ. Er landete auf dem Rücken genau vor der Bühne.

Schlagartig wurde es still im Raum.

„Oh, das tut mir aber leid", meinte Buffy. „Hab ich euch bei irgendwas gestört?"

Luke blickte auf, und sein Gesicht verzerrte sich vor Wut. „*Du*!"

„Du hast doch wohl nicht geglaubt, daß ich die Party verpassen wollte?" entgegnete Buffy.

Die Wut wich aus Lukes Zügen. Seine Lippen schürzten sich zu einem gefährlichen Lächeln.

„Ich hatte gehofft, daß du kommst", sagte er.

24

Endlich war die Tür offen. Mit einem Metallrohr in den erhobenen Händen stürmte Giles durch die Tür des Bühneneingangs. Willow und Xander folgten ihm dicht auf den Fersen.

„Kommt schon!" schrie Xander und lenkte die Aufmerksamkeit der Menge auf sich. In wilder Panik stürzten die Menschen auf die geöffnete Tür zu. So schnell es ging, geleitete Xander die Leute durch die Tür. Gemeinsam mit Willow und Giles achtete er darauf, daß niemand stürzte und von den anderen überrannt wurde.

Im gleichen Moment griff ein weiterer Vampir Buffy von der Seite an. Doch sie wehrte ihn mit Leichtigkeit ab und schleuderte ihn zu seinem Kollegen vor die Bühne, wo er wieder auf die Beine zu kommen suchte. Auch Buffy machte sich nun auf den kürzesten Weg nach unten und landete auf einem Billardtisch. Sie ergriff das Queue, das der letzte Spieler auf dem grünen Stoff des Tisches liegengelassen hatte, und stellte sich in Position.

Ohne den Vampir, der sich ihr von der Seite näherte, auch nur anzusehen, rammte sie ihm die Pomeranze mitten ins Herz. Als Buffy das Queue losließ, blieb es stecken.

„Okay, du blödes *Gefäß*." Sie starrte Luke an, und in ihren Augen loderte die Herausforderung. „Du willst Blut?"

Sie trat vor, und im gleichen Augenblick hob sich

das Queue gen Himmel. Es ähnelte auf merkwürdige Weise einem Schlagbaum – doch dann stürzte die gepfählte Leiche des Vampirs mit einem dumpfen Knall zu Boden.

„Ich will *dein* Blut!“ fauchte Luke.

„Dann komm doch und hol's dir.“

Cordelia erkannte ihre Chance und versuchte sich aus Lukes Griff zu befreien. Brutal schleuderte er sie zur Seite.

Diesen Moment nutzte Buffy für ihren Angriff: Sie schlug dem Vampir ihre Faust ins Gesicht.

Über die Kräfte der Jägerin entsetzt, taumelte Luke blind vor Schmerz zurück. Doch er hatte sich schnell wieder in seiner Gewalt.

Buffy duckte sich, um seinen Angriff abzuwehren, während sie den Pfahl aus ihrem Ärmel schüttelte, und versuchte ihn auf sein Ziel zu richten. Doch sie war nicht schnell genug.

Lukes Gegenschlag beförderte Buffy in eine Ecke. Der Pfahl blieb unbenutzt zu seinen Füßen liegen. Grinsend stolzierte er auf Buffy zu. Als er nah genug herangekommen war, trat sie ihm mit beiden Füßen vor die Brust. Benommen bemühte sich Luke, das Gleichgewicht zu halten. Das war Buffys Chance, ihn endgültig fertigzumachen. Doch da sah sie Xander.

Er war so eifrig damit beschäftigt, die Leute herauszubringen, daß er den Vampir in seinem Rücken nicht bemerkte.

Buffy drehte sich zu dem Schlagzeug um, das auf der Bühne stand, kickte das Becken mit einem gezielten Tritt von seinem Ständer und fing es im Flug auf. Der Vampir hatte Xander mittlerweile erreicht; sie konnte den angstvollen Blick ihres Freundes erkennen, als die Kreatur ihn von hinten packte.

Buffy schleuderte das Becken wie ein Frisbee.

Die drohende Gefahr spürend, fuhr der Vampir herum, und seine Augen weiteten sich, als das Bekken in seinen Hals fuhr.

Xander duckte sich instinktiv, als er das schneidende Geräusch hörte. Seine Augen folgten der Flugbahn des abgehackten Kopfes, der durch den Raum segelte.

„Kopf hoch", murmelte Xander.

Buffy hatte kaum Zeit, sich umzudrehen, als Luke sie auch schon von hinten angriff. Seine Arme umschlossen ihren Körper, und mit zermalmendem Druck hob er sie in die Höhe.

Xander wollte zu Buffy laufen, aber ein schriller Schrei ließ ihn wie angewurzelt stehenbleiben. Er wirbelte herum und sah Jesse, der Cordelia zurück in die Dunkelheit unter der Treppe zerrte. Während Cordelia kreischte und sich wehrte, warf Jesse sie zu Boden, kniete auf ihr und drückte sie mit seinem Gewicht nieder.

„Halt still!" befahl er ihr. „Du bist keine große Hilfe!"

Xander schlich sich von hinten an. Er blickte auf die beiden herunter, den Pfahl in seinen Händen fest umklammert.

„Bitte, Jesse", flehte Xander, „mach, daß ich es nicht tun muß."

Jesse blickte auf. Sein Grinsen war nicht mehr menschlich zu nennen. Er sah aus wie ein Wesen aus einem Alptraum. „Kumpel", sagte er.

Buffy wehrte sich vergeblich. Sie spürte, wie Luke fester und fester zudrückte – wie sich alles um sie herum drehte, bis ihr schwarz vor Augen wurde. Sie hustete und würgte, rang verzweifelt nach Luft. Wie aus weiter Ferne drang Lukes Lachen in ihr schwindendes Bewußtsein.

„Ich wollte schon immer mal einen Jäger killen", gestand er. Es klang stolz und irgendwie belustigt.

Und dann hörte Buffy noch etwas anderes. Tief in ihr schien etwas zu zerbrechen.

25

Die Panik hatte nun ihren Höhepunkt erreicht. Durch die Hintertür strömten immer noch mehr Leute hinaus auf die Straße. Giles bahnte sich einen Weg durch die Menge und rief Willow zu: „Komm mit! Wir müssen auch die Vordertür aufbrechen!"

Gegen einen Strom hysterischer Menschen suchte er sich seinen Weg zur Tür und versuchte, die Eingangshalle zu erreichen.

Wie aus dem Nichts erschien Darla und stellte sich Giles mit einem teuflischen Grinsen auf dem Dämonenantlitz in den Weg . . .

Währenddessen wich Xander einen Schritt zurück, als Jesse sich erhob und ihn ansah. „Jesse, ich weiß, daß ein Teil von dir immer noch lebendig ist", beharrte er.

Jesse sah genervt aus. „Okay, dann laß uns mal Klartext reden. Dein Jesse war ein gräßlicher Verlierer, der kein Mädchen im Umkreis von Meilen abgekriegt hat! Und schau mich jetzt an! Ich bin ein neuer Mann!"

Um seine Worte zu unterstützen, packte er Xander und schleuderte ihn gegen die Wand. Xander prallte auf, rutschte an der Wand herunter und landete als elendes Häufchen neben Cordelia.

„Siehst du?" Jesse stieß einen ungeduldigen Seufzer aus. „Der alte Jesse hätte versucht, vernünftig mit dir zu *reden*."

Giles war Darla nicht gewachsen. Während Willow verzweifelt in Buffys Tasche nach einer geeigneten Waffe suchte, verteidigte Giles sein Leben, wobei ihm die ganze Zeit bewußt war, daß er verlieren würde.

Darla hielt ihn zu Boden gedrückt, und als er zu ihr hochsah, senkten sich ihre Zähne schon bedrohlich auf seinen Hals herab.

„Laß ihn los!" schrie Willow.

Darla fuhr herum und schloß im Reflex die Augen, als ihr Tropfen ins Gesicht spritzen. Es war schon zu spät, als sie erkannte, daß sie mit Weihwasser benetzt worden war.

Schreiend preßte sie ihre Hände auf die Wangen. Zwischen den Fingern stieg Rauch auf.

Giles stieß sie von sich und kam taumelnd auf die Beine, bereit zum Angriff. Doch Darla stolperte bereits zum Ausgang hinaus, das Gesicht wie mit Säure verätzt.

Unter Lukes erbarmungslosem Griff wurde Buffys Körper immer schlaffer. Ihr Kopf pendelte nach vorn wie der einer Lumpenpuppe. Grinsend blickte Luke auf sie herab. Ein Hochgefühl durchströmte ihn, und er sprach sein demütiges Gebet.

„Meister, nimm dieses Blut und sei befreit."

Seine Lippen zogen sich zurück. Er öffnete den Mund. Dann senkte er den Kopf, bereit zum tödlichen Biß.

Er merkte nicht einmal, wie ihm geschah, als Buffy ihren Hinterkopf gegen sein Kinn rammte und der unerwartete Schlag ihn zu Boden warf.

„Wie hat dir das geschmeckt?" fragte sie trotzig.

Ihre Tapferkeit war nur gespielt; sie hatte alle Mühe, nicht die Balance zu verlieren. Doch sie schaffte es, den Ständer des Beckens zu greifen und ihn wie eine Waffe vor sich zu halten. Gleichzeitig schätzte sie die Möglichkeiten der Bühne ab, um einen neuen Angriff zu planen.

Da sah sie das Fenster hinter der Bühne. Sie hatte es vorher nicht wahrgenommen, weil die Scheibe mit schwarzer Farbe überzogen war. Buffy blickte auf das Fenster. Dann sah sie Luke an.

Jesse hob Xander vom Boden auf und drückte ihn gegen die Wand. Er hatte keine Zeit für all diese Unterbrechungen, und alte Erinnerungen bedeuteten ihm nichts mehr. Er funkelte seine leichte Beute an, die einst ein Freund gewesen war, und kalte Wut zeichnete Furchen in sein Gesicht.

„Ich hab es satt, daß du mir andauernd in die Quere kommst, weißt du das?" beschimpfte er Xander. „Was Cordelia angeht, so wird sie ewig leben. Du aber nicht."

Xander nahm all seinen Mut zusammen und hob den Pfahl gegen Jesses Brust. Er sah entschlossen aus, aber Jesse erkannte, daß er auch große Angst hatte.

Er konnte nicht umhin, Xander aufzustacheln. „Oh, richtig so! Erlöse mich aus meinem Elend! Du hast ja nicht den M . . ." Das Wort blieb ihm im Halse stecken. Er spürte den heißen, schnellen Stich und starrte ungläubig auf seine Brust.

Ein Mädchen hatte ihn von hinten angerempelt. Bei ihrem Fluchtversuch hatte sie ihn nach vorn gestoßen, genau in den Spieß hinein.

Jesse starrte Xander entsetzt und verblüfft an. Er keuchte. Sterbend klammerte er sich an seinen alten Freund.

Erstarrt sah Xander zu, wie das, was einst Jesse gewesen war, sich in ein Häuflein Staub verwandelte.

Buffy hielt den Metallstab, auf dem das Becken gesteckt hatte, wie einen Speer vor sich. Doch Luke wich ihren Schlägen mit Leichtigkeit aus und lächelte dazu maliziös. Er kam immer näher.

„Du hast vergessen, daß Metall mir nichts anhaben kann", höhnte er.

Buffy zuckte nicht einmal mit der Wimper. „Und du hast was anderes vergessen."

Sie sah, wie er für den Bruchteil einer Sekunde zögerte – wie ein Schatten des Zweifels über sein Gesicht huschte.

„Sonnenlicht", klärte sie ihn auf.

Sie schleuderte den Ständer durch das schwarze Fenster auf der Rückseite der Bühne. Glassplitter flogen in alle Richtungen.

Als das warme Licht ihn umhüllte, schrie Luke auf und hob die Hände, um es abzuwehren. Er sah völlig entgeistert aus.

Buffy rammte ihm den Pfahl in den Rücken.

Er taumelte nach vorn. Sein mächtiger Körper wand sich in unsäglichem Schmerz.

„Sonnenaufgang ist erst in neun Stunden, du Schwachkopf", erinnerte ihn Buffy.

Und da erst wurde Luke bewußt, daß das Licht aus dem Fenster gar kein Sonnenlicht gewesen war, sondern nur der wärmende Schein einer Straßenlaterne, die die tiefe, sichere Dunkelheit vor dem Bühneneingang durchdrang.

Mit einem erstaunten Röcheln taumelte er nach vorn. Er fühlte, wie sein Leben herausrann und mit ihm das Leben seines Meisters. Es war, als seien sie eins. Und als Luke über die Bühne taumelte, stolperte auch der Meister durch seine Höhle, und seine leuchtende, kraftvolle Energie strömte aus ihm heraus.

Luke empfand die Leiden und Qualen des Meisters wie seine eigenen. Er streckte die Hand aus und stolperte, so wie Luke jetzt fiel und sich bald auflösen würde. Sie fielen auf die Knie und streckten hilflos die Arme aus, auf der Suche nach Hilfe, die nicht kam.

Der Meister berührte die mystische Wand, die ihn gefangenhielt. Sie hatte ihre Stabilität wiedergewonnen und ließ ihm kein Entkommen. Wut und Verzweiflung spiegelten sich in seinem Gesicht, als er an ihr emporblickte. Ein Schrei der Niederlage entrang sich seiner Kehle . . .

26

Auf der Bühne stand Buffy und starrte auf den Fleck, wo gerade noch Lukes Körper gelegen hatte.

Xander rappelte sich eben wieder auf, als Giles und Willow aus der Eingangshalle zurückkamen. Alle vier trafen sich in der Mitte der Tanzfläche.

Giles blickte sich um. „Tatsächlich, es ist vorbei." Seine Stimme klang erleichtert.

„Haben wir gewonnen?" Willow hatte fast nicht zu fragen gewagt. Sie blickte auf das Schlachtfeld, das sie umgab. Die meisten der Clubbesucher waren inzwischen geflüchtet, aber ein paar saßen immer noch reglos da, unfähig, sich zu rühren.

„Tja, wir haben ihnen die *Ernte* vermasselt", sagte Buffy müde. Sie blickte sich noch einmal um und entdeckte Cordelia, die immer noch wie betäubt an der Stelle lag, wo sie zuvor mit Jesse gekämpft hatte. Und einmal in ihrem Leben hielt Cordelia den Mund.

„Eins ist sicher", seufzte Xander. „Nun wird nichts mehr so sein, wie es war."

Auf der Straße vor dem *Bronze* rannten Vampire in Panik davon. Hinter ihnen trat Angel leise aus der Dunkelheit und blickte ihnen nach. Dann drehte er sich um und starrte auf den Eingang der Diskothek. „Sie hat's wirklich getan", murmelte er. „Donnerwetter!"

27

Xanders Voraussage erfüllte sich nicht: Am nächsten Tag ging die Sonne auf wie immer. Und alles sah erstaunlich normal aus.

Die warme Sonne Kaliforniens beschien die Sunnydale High School, und im Hof mit dem Springbrunnen verlief die Pause wie an jedem anderen Tag. Lachende und schwatzende Schüler liefen durcheinander, und Cordelia hielt hof.

„Soviel ich gehört habe, waren es rivalisierende Gangs, die um ihren Bezirk gekämpft haben", sagte sie mit dramatischer Betonung. Sie warf einen Blick in die Runde auf all die eifrigen Gesichter, und ihre Bewunderer sogen jedes ihrer Worte begierig auf. „Auf jeden Fall kannte Buffy diese Typen wohl gut, was ja ziemlich bemerkenswert ist. Ich kann mich nicht mehr so genau an alles erinnern, aber ich sag euch, es war echt 'ne Horrorshow."

„Oh, was hätte ich dafür gegeben dabeizusein", seufzte ein Mädchen, das ohnehin nur zu gern in Cordelias Haut geschlüpft wäre.

Auf dem Weg von einer Ecke des Schulhofs zur anderen konnten Buffy und ihre Freunde ein paar Worte von Cordelias Geschwafel mithören. Während Buffy ein Grinsen unterdrückte, drehte sich Xander genervt zu ihr um.

„Was genau hattest du denn erwartet?" schalt Buffy ihn, während Xander empört die Achseln zuckte.

„Ich weiß es nicht! Irgend etwas. Die Toten sind

auferstanden! Wir hätten wenigstens 'ne Versammlung abhalten sollen."

„Die Menschen neigen dazu, für alles rationale Erklärungen zu suchen", erklärte Giles, der sich vor dem Gebäude zu ihnen gesellte, „und alles andere zu vergessen."

Buffy nickte heftig. „Glaub mir, ich hab's gesehen."

„Also, ich werde das niemals vergessen", sagte Willow mit Nachdruck und schauderte innerlich. „Niemals."

Giles wirkte erfreut. „Gut. Dann bist du ja nächstes Mal vorbereitet."

„Nächstes Mal?" Xander klang mißtrauisch, und Willow fragte: „Warum nächstes Mal?"

Giles schenkte ihnen ein nachsichtiges Lächeln. „Wir haben den Meister vielleicht daran gehindert, sich zu befreien und den Höllenschlund zu öffnen. Aber das heißt nicht, daß er es nicht von neuem versuchen wird. Ich würde sagen, der Spaß fängt gerade erst an."

„Noch mehr Vampire?" krächzte Willow.

„Es müssen nicht unbedingt Vampire sein." Giles blieb stehen und blickte ihnen ins Gesicht. „Die nächste Kreatur, mit der wir es zu tun bekommen, kann ganz anders aussehen."

Buffy verdrehte die Augen. „Ich kann's kaum erwarten."

„Wir befinden uns hier im Zentrum eines Zusammenflusses verschiedener mystischer Strömungen", fuhr Giles fort.

Xander schüttelte den Kopf. „Buffy, das hört sich aber gar nicht gut an."

„Also, ich schau immer auf die Sonnenseite“, erklärte Buffy gutgelaunt. „Vielleicht fliege ich ja doch noch von der Schule.“ Sie grinste Giles an, drehte sich um und ging davon. Xander und Willow beeilten sich, sie einzuholen.

„Das ist ein verdammt guter Plan“, stimmte Xander zu. „Es gibt bestimmt ’ne Menge Schulen, die *nicht* über Höllenschlünden liegen.“

„Vielleicht kannst du ja was in die Luft jagen“, schlug Willow vor. „Da werden sie echt streng.“

Buffy erwog den Vorschlag mit einem Achselzukken. „Ich würde eher den lautlosen Versuch vorziehen. Zum Beispiel andauerndes Schwänzen.“

Giles schüttelte den Kopf, als er ihnen nachsah. Er hob eine Braue und schob seine Brille auf der Nase höher.

„Die Erde ist verdammt“, seufzte er.

In jeder Generation gibt es nur eine Jägerin . . .

Christopher Golden/Nancy Holder

BUFFY
Im Bann der Dämonen

Halloween

Roman

Halloween – die Zeit der Kürbisse und Geister. Und die Nacht der großen Parties. Kein Wunder, daß Buffy wenig Lust verspürt, ihrer Aufgabe nachzukommen und die Zeit damit zu verbringen, auf Dämonen zu achten. Doch seit ewigen Zeiten wird in Sunnydale eine uralte Legende überliefert: Wenn es zu Halloween regnet, erwachen die Vogelscheuchen auf den Feldern zu Leben und greifen jeden an, der in ihre Nähe kommt. Obwohl sie bisher nie an solche Spukmärchen geglaubt haben, warnen Willow und Zander Buffy vor diesen Geistern. Doch ihre neue Freundin schlägt diese wohlgemeinten Ratschläge in den Wind – dabei müßte sie als ***Jägerin*** es eigentlich besser wissen!

Aber dann setzt der Regen ein . . .

vgs verlagsgesellschaft, Köln